アローン・アゲイン

ALONE AGAIN

成井豊+真柴あずき

論創社

アローン・アゲイン

写真撮影
伊東和則（本文）
ブックデザイン
ヒネのデザイン事務所＋森成燕三

目次

アローン・アゲイン

ALONE AGAIN

登場人物

光男（ノンフィクションライター）
あおい（女優）
みのり（あおいの妹・幼稚園の先生）
将太（あおいの友人・幼稚園の園長）
鞍馬（あおいの友人・喫茶店経営）
紅子（あおいの友人・鞍馬の妻）
葉子（光男の姉・あおいのマネージャー）
鳥羽専務（葉子の上司）
嵐山（編集者）
咲子（編集者）
のぶ枝（幼稚園の先生）
文太（将太の弟・送迎バスの運転手）
エリカ（ＤＪ・ロックバンドのボーカリスト）

1

七月二十四日、昼。半蔵門にある、ラジオ局の控室。
一人の男が椅子に座っている。本を開いて、読み始める。

作家

まず最初に断っておくけど、これから始まる物語は、すべて事実だ。もちろん、登場人物の名前はみんな変えてある。が、彼らは間違いなく、現実に存在する人間だ。彼らと出会わなければ、僕はこの物語を書かなかっただろう。特に、彼女と出会わなければ。彼女と初めて会ったのは、冬の終わり。駅から彼女のマンションまで、ガタガタ震えながら歩いたのを覚えている。いや、震えたのは、寒さのせいではない。僕は、きっと緊張していたのだ。彼女は女優だった。僕は、いつもブラウン管を通して、彼女を見つめていた。好きだったのかと聞かれれば、むしろその逆だったと答えるしかない。僕は、彼女が苦手だった。どんなに小さな脇役でも、決して手を抜こうとしない彼女。その姿を見るたびに、僕の胸はチクチク痛んだ。彼女は、まるで僕だった。小説が書きたくて、でも書けなくて、生活のために引き受けた仕事をガムシャラにこなす。そうすることで、自分をごまかそうとしていた。そんな僕の鼻先に、いきなり鏡を突きつけられたような気がしたのだ。「このままでいいの?」と。僕は、彼女に会うのが怖かった。が、実際に会ってみると、その気持ちは百八十度変わってしまった。もっと彼女のことが知りたい。女優としての彼女ではなく、本当の彼女を。そんなふうに思ってしまったのだ。今になってみれば、よくわかる。僕は、彼女が好きだった。

そこへ、一人の女がやってくる。

編集者 そろそろ本番ですよ。準備の方はいいですか?

作家 大丈夫です。ちょっと緊張してますけど。

編集者 やっぱり? 実は、私も足が震えてるんですよ。ラジオに出るなんて、生まれて初めてだから。

作家 ちょっと待ってください。今日のゲストは僕ですよ。あなたは、ただの付き添いなんですからね。

編集者 わかってますよ、そんなこと。でも、隙があれば、一言ぐらい。

そこへ、もう一人の女がやってくる。

DJ (編集者に)ハーイ、今日のゲストはあんたね?

作家 違いますよ。この人はただの付き添いです。

ＤＪ　てことは、あんたか。あれ？　私、前にあんたと会ったことなかったっけ？
作家　ありますよ、一度だけ。
ＤＪ　いつ？　どこで？
作家　三月に、このスタジオで。実は、この本の中に、あなたのことも書いたんですよ。（と本を示す）
ＤＪ　何よ、私があんたの本に出てくるの？　なんて題名の本？
編集者　『ファーザー・アロング』ですよ。今、ベストセラーになってるでしょう？
ＤＪ　私、読んだよ。まあまあ、おもしろかった。
作家　まあまあですか。ありがとうございます。
ＤＪ　てことは何？　この本に出てくる、頭の悪そうなＤＪが私？
作家　そうです。
ＤＪ　帰っていいよ。
編集者　まあまあ。これは小説なんですから、多少の誇張はありますよ。
作家　僕は、事実をありのままに書いたつもりですけど。
ＤＪ　じゃ、あれも事実なの？　人の頭の後ろに、花が見えるっていう男。
作家　ええ。その人には見えるんです。人によって、咲いてる花は違うらしいんですけど。
ＤＪ　あんたの花は何？
作家　本の中に書いてあったでしょう。ひまわりですよ。
ＤＪ　（笑う）

作家　笑うことないでしょう。本当のことなんだから。

DJ　ごめん、ごめん。あんたの頭の後ろにひまわりがドバッて咲いてるのを想像したら、堪らなくなっちゃって。

作家　あなたの後ろにも咲いてるんですよ。どんな花かはわからないけど。

編集者　花が萎れたら、その人の寿命も終わるんですよね？

作家　ええ。

編集者　だとしたら、私は見えない方がいいな。人が死ぬのが前もってわかるなんて、あんまり気持ちのいいものじゃないでしょう。

DJ　でも、一人に一つずつ花が咲いてるなんて、素敵だよね。

作家　それを知ったのは、この本に出てくる人たちに出会ったからなんですよ。

DJ　私も会ってみたいな。その人たちに。

作家　会えますよ。この本を読めば、いつでも。

作家が本を開く。背後に、十人の男女が現れる。十人は、それぞれ一本ずつ、ひまわりを持っている。十人が作家にひまわりを差し出す。

11　アローン・アゲイン

2

一月二十一日、朝。青山にある、鳥羽プロダクション。
嵐山がやってくる。周囲を見回し、椅子に座る。そこへ、鳥羽専務・葉子がやってくる。

鳥羽専務 するとおまえは何か？　悪いのは全部、俺だって言いたいのか？
葉子 違います。私はただ、うちの会社がもっと大きければよかったのにって思っただけです。そうすれば、テレビ局なんかにナメられずに済んだのに。
嵐山 あのー。
鳥羽専務 （葉子に）バカ野郎！　天下の鳥羽プロダクションが、テレビ局ごときにナメられてたまるか。
葉子 だったら、どうしてあおいちゃんは役を降ろされたんですか？
鳥羽専務 マネージャーのおまえがマヌケだからだよ。
葉子 専務。何度も言うようですけど、私は精一杯努力しました。みのもんたみたいなプロデューサーにまでおべっかを使って、やっとの思いでこの仕事を取ってきたんです。
鳥羽専務 が、あっさり横取りされた。名前も聞いたことのないような新人にな。

葉子　でも、その新人には、大きな大きなプロダクションがついてるんです。
嵐山　あのー。
鳥羽専務　（葉子に）言い訳するな！　いいか、八坂。わが鳥羽プロダクションのモットーは、「不言実行、誠心誠意、一度食いついた獲物は死んでも放すな！」。仕事を横取りされておいて、よくおめおめと帰ってこられたな。
葉子　わかりました。もう一度、プロデューサーに頼んできます。
鳥羽専務　さっきの電話を聞いてなかったのか？　俺がいくら脅しても、ヘラヘラ笑ってやがった。
嵐山　あのー。
鳥羽専務　横から口出しするな！
嵐山　でもー。
鳥羽専務　口出しするなって言ってるのがわからないおまえは誰だ！
嵐山　清水あおいさんのマネージャーさんが、こちらにいらっしゃると伺ったんですが。
葉子　私ですけど、何か。
嵐山　やっぱり、あなたでしたか。（名刺を差し出して）私、荒波書店で編集をしております、嵐山梅太郎と申します。
葉子　（受け取って）はじめまして。八坂です。
鳥羽専務　（嵐山に）本屋さんが芸能プロダクションに何の用です。百科事典なら間に合ってますよ。
嵐山　（カバンから雑誌を取り出して）実は私、今月号のダイ・ピンチで、清水さんの文章を読みまして、大変感動いたしました。

葉子　ありがとうございます。清水が聞いたら、きっと喜びます。

嵐山　つかぬことをお伺いしますが、この『私の思い出』というエッセイをお書きになったのは、清水さんご本人でしょうか？

鳥羽専務　なぜそんなことを聞くんですか？

嵐山　タレントさんの文章は、普通、ゴーストライターが書くと聞いたものですから。

鳥羽専務　僕はゴーストが大嫌いなんですよ。この時も、最初は断ろうとしたんです。それなのに、八坂が「やらせてみましょう」って言い出しまして。「あおいちゃんは、小学生の時に読書感想文で一等賞を取ったんですよ。エッセイぐらい、お茶の子サイサイですよ」。

葉子　そんなこと言いましたっけ？

鳥羽専務　言ったよ。タイトルは確か、『アルプスの少女ハイジを読んで』だったよな。

嵐山　清水さんは、ハイジがお好きなんですか？

葉子　ハイジも好きだけど、ペーターはもっと好きだそうです。

嵐山　私も、ペーターは大好きです。ペーターの魅力がわかる人に、悪い人はいません。やっぱり、私の目に狂いはなかった。こうなったら、ぜひともお仕事をお願いしたくなりました。

鳥羽専務　だから、その仕事っていうのは、何なんですか。

嵐山　清水さんに小説を書いていただきたいんです。

葉子　小説？

嵐山　清水さんには、才能があります。芥川賞だって、夢ではありません。

鳥羽専務　芥川賞？

嵐山　私、編集という商売柄、いろいろな小説を読んでまいりました。しかし、これほど感動したのは、武者小路実篤先生の『友情』だけ。最後のところなんか、涙なしでは読めません。

鳥羽専務　（と読む）「そして、今でも私の心の中には、あの時のケンジ君の泣き顔が……」（と泣く）いや、そうでしたか。あおいに小説をね。（名刺を差し出して）私、専務の鳥羽と申します。

嵐山　（名刺を差し出して）嵐山梅太郎です。

鳥羽専務　あおいの文才を見抜かれるとは、なかなかお目が高い。私も、あのエッセイには光るものを感じていたんです。しかし、あおいの本業は、あくまでも女優ですからね。小説なんか書いてる暇があるかどうか。

嵐山　お忙しいのは、充分承知しています。が、清水さんの才能を、このまま埋もれさせてしまうのは、あまりに惜しい。惜しすぎる。

鳥羽専務　わかりました。嵐山さんがそこまで仰るなら、私も一肌脱ぎましょう。

嵐山　本当ですか？

鳥羽専務　男に二言はありません。まあ、詳しいことは、寿司でも食いながら話しましょう。よし、八坂君も行こう。今日は僕が奢っちゃうぞ！

葉子　専務、ちょっと。（と鳥羽専務を隅に引っ張っていく）

鳥羽専務　何だよ。

葉子　（小声で）まさか、引き受けるつもりじゃないでしょうね？

鳥羽専務　冗談で寿司なんか奢ると思うか？　あおいにとっては、五年ぶりに巡ってきたチャンスなんだ。小説を書いて、芥川賞を取って、それがドーンと売れてみろ。ドラマの話がドバドバ来るぞ。

葉子 でも、一応、あおいちゃんの気持ちも聞いてみないと。

鳥羽専務 ゴチャゴチャ言うな。わが鳥羽プロダクションのモットーは、「不言実行、誠心誠意、狙った獲物には、まず寿司だ！」。

葉子 さっきと違うじゃないですか。

嵐山 あのー。

鳥羽専務 お待たせしました、嵐山さん。行きましょう。（と歩き出す）

葉子 専務！

鳥羽専務・嵐山が去る。後を追って、葉子が去る。

3

一月二十一日、夜。中目黒にある、あおいのマンション。
みのり・将太がやってくる。将太は花束を持っている。

将太　悪かったな、遅くなっちゃって。
みのり　食事はとっくに終わりましたよ。園長先生の分はみんなで食べちゃいました。
将太　本当か？
みのり　嘘ですよ。お姉ちゃんは食べちゃおうって言ったけど、私が何とか守り抜きました。
将太　守り抜かなくてよかったのに。実は俺、我慢できなくなって、幼稚園で食ってきたんだ。
バナナを十本。
みのり　バナナだけですか？
将太　仕方ないだろう？　仕事しながらだったんだから。
みのり　そうか。私だけ先に帰ってきちゃって、すみませんでした。
将太　いいって、いいって。今日は特別な日じゃないか。

そこへ、あおいがやってくる。

あおい　みのり、鞍馬君がコーヒーを入れてくれるって。飲むよね？

将太　よう。

あおい　何だ。もう来ないのかと思ってた。

将太　悪かったな、遅くなって。（花束を差し出して）誕生日おめでとう。

あおい　（受け取って）ありがとう。幼稚園の方、忙しいの？

将太　まあな。もうすぐ二月なのに、園児がなかなか集まらなくて。

みのり　やっぱり、子供の数が減ってきてるんですよね。

あおい　（将太に）ということは、いよいよ倒産？

将太　バカ。そう簡単に諦めてたまるか。

あおい　何よ。本当に潰れそうなの？

みのり　お姉ちゃん、そういう言い方はやめてよ。園長先生だって、こんなに遅くまで仕事して頑張ってるんだから。

そこへ、鞍馬・紅子がやってくる。

鞍馬　あおいちゃん、ごめん。コーヒー豆、床にぶちまけちゃった。

将太　よう。

紅子　あら、やっと現れたわね。
鞍馬　久しぶりだな、将太。
将太　何言ってるんだ。この前も会っただろう、おまえらの店で。
紅子　一月も前の話じゃない。また来るって言ったのに、一度も顔を見せなかったわね。
みのり　（将太に）今度、私も連れてってくださいよ。まだ行ったことないから。
将太　そうなのか？　鞍馬の和風カレーはうまいぞ。
鞍馬　（みのりに）卵とこんにゃくと大根が入ってるんだ。
みのり　それ、カレー味のおでんってことですか？
紅子　（花束を見て）あら、きれいなお花。将太からのプレゼント？
あおい　まあね。
鞍馬　将太も、やる時はやるなあ。
将太　うるさいな。俺が花を贈っちゃいけないのかよ。
紅子　いけないなんて言ってないでしょう？　フリージアか。あおいの好きな花、ちゃんと覚えてたのね。
みのり　花って言えば、鞍馬さん。人の頭の後ろに、花が見えるんですって？
鞍馬　……誰に聞いたの？
将太　ごめん。俺がしゃべった。
鞍馬　誰にも言うなって言ったのに。
将太　もうあおいから聞いてるかと思ってさ。

あおい　私が言うわけないじゃない。そんなバカバカしい話。
みのり　何よ。お姉ちゃんは信じてないの？
あおい　あんたは信じるわけ？
みのり　だって、鞍馬さんが嘘をつくとは思えないし。
あおい　私は別に嘘だって言ってるんじゃないの。鞍馬君には、本当に見えるのかもしれない。でも、それは単なる思い込みかもしれない。
みのり　それって、結局、鞍馬さんを疑ってることにならない？
紅子　まあまあ、姉妹喧嘩はそれぐらいにしなさい。
みのり　紅子さんは信じてますよね？
紅子　もちろんよ。コーちゃん、みんなの花は元気？
鞍馬　（見回して）元気元気。
将太　よかった。今、俺が死んだら、幼稚園がどうなるかわからないからな。
あおい　へえ。将太は信じてるんだ。
将太　信じないわけにはいかないだろう。うちの親父が死ぬのも当てたんだし。
鞍馬　僕は何も言ってないよ。
将太　言わなくてもわかったんだよ。おまえの態度で。
紅子　まあまあ、花の話はもういいでしょう？　今日は、あおいの誕生日なのよ。
鞍馬　（あおいに）養成所の時は、大学の四年だったから、二十二か。てことは、あれから、五年も経ったんだ。

紅子　結局、役者を続けてるのはあおいだけか。
鞍馬　でも、最近、テレビに出てないよね？
紅子　コーちゃん。
あおい　いいよ、本当のことだから。最近、ずっと暇なんだ、私。
みのり　お姉ちゃん。皆さんに、あの話をしたら？
紅子　何、何？
あおい　別に大したことじゃないんだけど、四月クールのドラマに出ることになったのよ。レギュラーで。
紅子　本当に？　どこの局なの？
みのり　フジヤマテレビで、水曜の九時。来週から撮影が始まるんです。
あおい　一応、断っておくけど、主役じゃないよ。三番目ぐらい。
将太　充分すごいよ。おめでとう。
紅子　（あおいに）絶対、毎週見るからね。頑張ってよ。
あおい　ありがとう。
鞍馬　（紅子に）さてと、僕らはそろそろ帰ろうか。
紅子　もう？
鞍馬　明日も早いし。
将太　じゃ、俺も帰ろうかな。
みのり　そんな。今、来たばっかりじゃないですか。

将太　まだ仕事が終わってないんだ。のぶ枝先生に続きを頼んで、顔だけ出しに来たんだよ。
紅子　そう言わずに、もう少し話をしていきなさいよ。あんたたち、会うのは久しぶりなんでしょう？
将太　でも、園長が仕事をサボるわけにはいかないだろう。
紅子　いいから、あと三十分だけここにいなさい。コーヒーでも飲みながら、二人で話をするのよ。
みのり　でも、コーヒー豆、ぶちまけちゃったんですよね？
紅子　コーちゃんのバカ。

そこへ、葉子がやってくる。

あおい　葉子さん。こんな時間に、どうしたの？
葉子　こんばんは。
将太　あおいから聞きましたよ。レギュラーの仕事が決まったんですって？
紅子　（葉子に）ちょうど今、その話で盛り上がってたんですよ。
鞍馬　（葉子に）せっかくだから、もう一度乾杯しませんか？
みのり　（葉子に）ほら、座って、座って。
葉子　ごめんなさい。あおいちゃん、皆さん、本当にごめんなさい。
将太　何かあったんですか？

葉子　（あおいに）ドラマの話、ダメになったのよ。今日、テレビ局へ行ったら、急に他の人に決まったって。
将太　でも、撮影は来週からなんでしょう？
葉子　（葉子に）そんなことって、あるんですか？
みのり　私も抗議したんだけど、大手から圧力がかかったみたいで。
葉子　そんな、ひどい。
あおい　ごめんなさい。
葉子　いいよ、葉子さんが謝らなくても。こんなの、よくある話じゃない。
あおい　でも、久しぶりのレギュラーなのに。
将太　そのうち、もっといい仕事が来るかもしれないじゃない。いくら落ち目だからって、焦っても仕方ないし。イヤだ。自分で落ち目なんて言っちゃった。
あおい　役者の仕事は、一生だもんな。きっとまたチャンスが回ってくるさ。
紅子　そうそう。その時が来たら、また頑張るってことで、この話はおしまい。みんな、今日はどうもありがとう。
鞍馬　またみんなで集まろうよ。私が声をかけるからさ。
紅子　今度は、うちの店にしよう。みのりちゃんに、和風カレーを食べさせてあげたいし。あおいちゃんもまだ食べてないだろう？
あおい　いつでも電話してよ。私はこれで当分暇になったから。
紅子　じゃ、おやすみ。

みのり　私、そこまで送ります。
将太　あおい、元気出せよ。
あおい　将太もね。

みのり・将太・紅子・鞍馬が去る。

葉子　ごめんね、あおいちゃん。せっかくの誕生日なのに。
あおい　葉子さんこそ、大変だったんじゃない？　専務に怒られたでしょう？
葉子　私はいつものことだから。そうだ。実は、いいニュースもあるんだ。
あおい　何？
葉子　この前、ダイ・ピンチにエッセイを載せたの覚えてる？
あおい　『私の思い出』ってヤツ？
葉子　そうそう。あれを読んだ荒波書店の人がね、あおいちゃんに小説を書いてほしいって言ってきたのよ。
あおい　小説？
葉子　すごい才能だってほめるから、専務もその気になっちゃってさ。
あおい　ちょっと待ってよ。私に小説なんか書けるわけないでしょう？
葉子　大丈夫よ。また光男に書かせるから。
あおい　そのこと、専務には言ったの？

葉子　言うわけないじゃない。専務はゴーストライターが大嫌いなのよ。
あおい　私だって大嫌いよ。自分は何もしてないのに、ファンレターまで来るんだもの。「あおいさんのエッセイ、とっても感動しました。あおいさんは、女優より作家の方が向いてると思います」なんて、冗談じゃないわ。
葉子　でもね、私も考えたのよ。小説が売れれば、またあおいちゃんに注目が集まる。ドラマになったり、映画になったりすれば、あおいちゃんも出演できる。自分が書いた小説なんだもの、当然、主役よ。
あおい　主役？
葉子　荒波の人が言ってたわ。「清水さんには、エッセイの時のように、ぜひご自分のことを書いていただきたい」って。
あおい　つまり、自伝ってこと？
葉子　だから、あおいちゃんには、光男と会って、話をしてほしいのよ。その話を元にして、光男が小説にまとめるってわけ。つまり、今度の小説は、あおいちゃんと光男の共同作業なの。
あおい　でも、実際に書くのは私じゃない。私、ゴーストライターの手を借りてまで、主役をやりたいとは思わない。
葉子　一回だけよ。たとえ小説が売れて、他の出版社が群がってきても、絶対に二作目はやらないから。
あおい　でも……。

葉子　あおいちゃんに、二度とイヤな思いをさせたくないのよ。駆け出しの子に、役を横取りされるなんて。

あおい　……わかった。やるよ。

葉子　本当に？

あおい　ただし、一つだけ条件がある。弟さんに約束させてほしいんだ。嘘は絶対に書かないって。私が話したことを、話した通りに書くって。

葉子　わかった。約束させる。あー、これでひと安心。あおいちゃん、何か飲み物をもらえる？もう喉がカラカラ。

あおい　ビールが何本か残ってたと思う。ちょっと待ってて。

あおいが去る。

4

一月二十二日、朝。光が丘にある、光男のアパート。
光男がやってくる。水の入ったペットボトルと、ノートとペンを持っている。

光男　人の部屋をジロジロ見るなよ。
葉子　いつ来ても、散らかってるわね。たまには掃除ぐらいしなさいよ。
光男　掃除しなくて死んだヤツはいない。ほら、水。（とボトルを差し出す）
葉子　光男。お客様がいらしたら、お茶をお出しするのが礼儀ってもんでしょう？　お茶がないなら、せめてビールを。
光男　うちは居酒屋じゃない。文句があるなら、飲むな。
葉子　わかったわよ。（と受け取って）仕事中だったの？
光男　（ノートを開いて）明日の朝までにＦＡＸで送るって約束なんだ。
葉子　どんな仕事？
光男　ノンフィクションだよ。一人の女性が、別の人間に生まれ変わるまでの過程を、ドキュメンタリー・タッチで描くんだ。

葉子　（ノートを覗いて）「私はこれで二十キロ痩せた」
光男　（ノートを閉じて）人のノートを勝手に読むなよ。
葉子　またでっち上げの体験記？　作家志望がそんな嘘ばっかり書いてていいの？
光男　わかってないな。作家志望が書くから、嘘ってバレないいんじゃないか。
葉子　どうせ嘘を書くなら、もっとマシな嘘にしない？
光男　何だよ、それ。
葉子　仕事を持ってきてあげたのよ。もっとやりがいのある仕事を。
光男　怪獣ショーの台本なら、お断りだぞ。
葉子　そんなんじゃなくて、もっとお金になる仕事。
光男　バラエティのコントか？　確かに金にはなるけど、俺のギャグは高級すぎて、誰も笑わないんだよな。
葉子　低級すぎても笑わないいんじゃない？
光男　どういう意味だよ。
葉子　まあまあ、怒らないで。今日、私が持ってきたのはね、小説の仕事なのよ。
光男　小説？　やるよやるよ。どうしてそれを先に言わないの。
葉子　いきなり言ったら、心臓麻痺でも起こすんじゃないかと思ってさ。
光男　で、どんなのを書けばいいの？　推理もの？　歴史もの？　恋愛ものは勘弁してほしいな。暗いネタばっかりだから。
葉子　題材はもう決まってるんだ。女優の半生。

光男　女優って、もしかして、清水あおい？
葉子　当たり。
光男　そうか。彼女、最近、落ち目だもんな。人気を取り戻すために、彼女を主人公にした伝記を書けってわけだ。
葉子　そうじゃなくて、あおいちゃんを作者にして書いてほしいの。
光男　作者？
葉子　この前、あおいちゃんの名前でエッセイを書いてもらったでしょう？　あれが結構、評判よくてさ。
光男　断る。
葉子　何でよ。
光男　ゴーストライターはやりたくないんだ。誰か、他のヤツを探してくれ。
葉子　エッセイの時は、喜んで書いたくせに。
光男　俺がいつ喜んだ？　他にやるヤツがいないって言うから、仕方なくやったんだ。
葉子　そのわりに、ずいぶん気合が入ってたじゃない。
光男　まともな文章を書くのは久しぶりだったからな。ダイ・ピンチって言ったら、結構売れてる雑誌だし。
葉子　自分の文章が載ってるのを見て、どう思った？　うれしかったでしょう？
光男　恩きせがましいこと言うなよ。どうせ、俺に頼めば安くあがると思ったんだろう？
葉子　わかってないわね。あのエッセイは、本当は断るはずだったの。でも、あんたが仕事がな

光男　くて困ってるって言うから、専務に嘘をついて、無理やり引き受けたのよ。
葉子　それは、ありがたいと思ってるよ。
光男　じゃ、今度もやってくれる？
葉子　悪いけど、ゴーストだけはやるなっていうのが、親父の遺言なんだ。
光男　死んでないわよ、お父さんは。とにかく、あんたじゃないと困るのよ。
葉子　どうして俺なんだよ。物書きなら、他にもたくさんいるだろう？
光男　荒波書店の人が、あんたの文章を気に入ったの。
葉子　荒波書店？
光男　編集部の嵐山って人。あのエッセイを読んで、泣いちゃったんだって。
葉子　わかるヤツにはわかるんだな、俺の才能が。
　私には全然わからなかったけどね。ぜひ小説を書いてほしいって言ってきたの。タレント本みたいないい加減なヤツじゃなくて、一人の作家として本を出してみないかって。
光男　雑誌に載るんじゃなくて、本になるのか。
葉子　もちろん、本になっても、光男の名前は出ない。でも、売れるかどうかは、あんたの腕にかかってるのよ。それって、あんたの実力を試すチャンスだと思わない？
光男　いくら売れたって、それは清水あおいの本だろう。俺は胸を張って言えないんだ。「この本を書いたのは俺だ」って。
葉子　（ノートを取り上げて）じゃ、この体験記はどうなのよ。「二十キロ痩せたのは俺だ」って、胸を張って言える？

31　アローン・アゲイン

光男　（ノートを取り返して）それとこれとは話が違うだろう。
葉子　あおいちゃんは、印税の半分をあんたにあげるって言ってるのよ。
光男　半分？　一冊千五百円として、印税は百五十円。
葉子　十万部売れたら千五百万。あんたの取り分は——
光男　七百五十万！　やらせてください。
葉子　商談成立ね。
光男　ただし、一つだけ条件がある。清水あおいに、約束させてくれ。俺が書くものに、絶対に口出ししないって。そのかわり、取材はきっちりやるから。
葉子　わかった。約束させる。

5

一月二十二日、夜。あおいのマンション。
みのりがやってくる。

みのり　すいません、お待たせしちゃって。
葉子　いいのよ。いきなり押しかけてきたのは、こっちなんだから。
みのり　お姉ちゃん、子供の頃からお風呂が長いんですよね。
光男　風呂が長い。（とメモする）
葉子　（みのりに）放っておくと、二時間でも三時間でも入ってるよね。中で何をしてるのかな？
みのり　歌でも歌ってるんじゃないですか？　このマンションのお風呂、よく響くから。
光男　風呂で歌う。（とメモする）
葉子　（みのりに）探す時は苦労したんだ。あおいちゃんが「絶対、お風呂の広い部屋」って言うから。
みのり　そうだったんですか。私まで、ちゃっかり居候しちゃって、すいません。

光男　ちゃっかり居候。（とメモする）
みのり　あなた、さっきから、何を書いてるんですか？

そこへ、あおいがやってくる。

あおい　ごめんね、待たせちゃって。
葉子　あれ、わざわざ洋服を着てきたの？
あおい　パジャマ姿でお客さんの前に出たら、失礼でしょう？
葉子　残念だったわね、光男。
光男　ちょっと残念。（とメモする）
葉子　メモはいいから、こっちを向いて。あおいちゃん、こいつが弟の光男。
あおい　（光男に）はじめまして。清水あおいです。
光男　お邪魔してます。
葉子　（あおいに）こんな時間にごめんね。こいつが「早く取材して、早く書きたい」って言うから。
光男　（あおいに）早速ですけど、僕の質問に答えてもらえますか？
みのり　じゃ、私はお風呂に入ってきます。お風呂には取材に来ないでくださいね。

みのりが去る。

あおい　(光男に)で、最初の質問は何ですか?
光男　その前に言っておきますけど、質問にはできるだけ正直に答えてください。初めて会った人間にいろいろ聞かれるのは、あんまり気持ちのいいものじゃない。でも、これは仕事なんだから。
あおい　わかってます。私だって、嘘を書かれたくないですから。
光男　じゃ、最初の質問。松井はホームランを何本打てると思いますか?
あおい　さあ。私、あんまり野球に興味がないから。
葉子　(光男に)軽くかわされたわね。
光男　うるさい。(あおいに)子供の頃に関する質問です。お父さんとお母さんでは、どっちが好きでしたか?
あおい　どっちもどっちかな。二人とも仕事ばっかりしてたから、小さい頃は何だよって思ってた。今は、同じ働く人間として尊敬してるけど。
光男　なるほどね。兄弟は、さっきの妹さんだけでしたよね?
あおい　そう。あの子、今はしっかりしてるけど、昔は泣き虫だったんだ。
光男　あなたが面倒を見てたんですか?
あおい　母親の帰りが遅くなると、「お母さん、お母さん」て泣くのよ。仕方ないから、アニメの真似をしたりして、必死で笑わせてたんだ。それが、お芝居をして、初めて楽しいって思った経験。

光男　それが癖になって、養成所の試験を受けたと。
葉子　ずいぶん飛ぶわね。試験を受けたのは、大学に入ってからよ。
光男　彼女の人生を全部書くわけじゃないんだ。おもしろそうなネタが見つかったら、それだけに絞って書く。たとえば、養成所の頃の思い出とか。
葉子　それはいいかもね。あおいちゃんがデビューしたのは、その頃なのよ。大学と養成所とテレビの仕事を、いっぺんにやってたのよね。
光男　（あおいに）大学はともかく、どうして養成所まで？　普通だったら、やめるでしょう。
あおい　私、養成所が好きだったの。いろんな人が集まってて、人生勉強にもなったし。
葉子　その頃のお友達とは、今でも時々会ってるのよね。
光男　もしかして、恋人ですか？
葉子　違う、違う。
光男　姉さんは黙っててくれよ。俺は清水さんに聞いてるんだ。
あおい　友達ですよ、みんな。
光男　じゃ、質問を変えます。現在、恋人はいますか？
あおい　それは書かなくていいよ。
光男　何を書くかは、僕が決めます。恋人はいますか？
あおい　答えたくないな。
光男　じゃ、好きな人は？
あおい　それも答えたくない。

光男　芸能界の人ですか？
あおい　ノーコメント。
光男　正直に話してくれって言いませんでしたっけ？
あおい　何から何まで答えるとは言ってないでしょう？
光男　読者が読みたいのは、ここのところだと思うんですが。
あおい　だったら、女性週刊誌でも読めばいいじゃない。
光男　俺は興味本位で聞いてるんじゃない。
葉子　答えたくないって言ってるんだから、いいじゃない。他の質問にしなさいよ。
光男　まず、今の質問に答えてからだ。
あおい　意地になっても、何も言わないよ。
光男　意地になってるのはどっちだ。仕事に感情を持ち込むのはやめろよ。
あおい　葉子さんから聞いてないの？　あなたは私が話したことを、話した通りに書けばいいのよ。
葉子　ちょっと、二人ともやめなさいよ。
光男　（あおいにノートを突き出して）ここに書いてある質問に、全部答えてくれ。それができないなら、俺は降りる。
葉子　光男、待ちなさい！

光男が去る。

葉子　ごめんね、気の短いヤツで。

あおい　弟さん、本当はゴーストライターなんかやりたくなかったんじゃないの？

葉子　そんなことないわよ。ほら、見て。（とノートを示して）質問がこんなにいっぱい書いてある。あいつはあいつなりに、この仕事に燃えてるのよ。

あおい　でも、私にだって、言いたくないことの一つや二つ、あるのよね。

葉子　全部答えろとは言わない。でも、できるだけ協力してやってくれないかな。

あおい　じゃ、葉子さんが答えてよ。葉子さんなら、私のこと、よくわかってるし。

葉子　私が知ってること、全部言っちゃっていいの？

あおい　全部は困る。でも、養成所の頃のことだったら。

葉子　そうか。彼と付き合い始めたのは、卒業した後だったもんね。

あおい・葉子が去る。

6

みのりがやってくる。原稿用紙を広げて、読み始める。

みのり　こうして、私たちの卒業公演は終わった。一週間後の夜、私たち四人は再び幼稚園に集まった。四人だけの打ち上げをするために。私たちはお互いの将来について語り合い、ビールを飲み、大声で歌った。歌いながら、それぞれがすでに別の道を歩き始めていることに気づいていた。彼は父親の跡を継いで、この幼稚園を守る。卒業公演の主役までやったのに、誰よりも役者としての未来を期待されていたのに、夢を諦めようとしている。でも、そのことに触れる人間は誰もいなかった。彼がブランコに乗ろうと言い出して、私たちは外へ出た。砂場、滑り台、ジャングルジム。私たちが遊ぶには、あまりにも小さすぎて、でもそれが楽しくて、私たちは何度も笑った。みんなの笑い声を聞きながら、私は教室の灯をぼんやり見つめた。練習している彼と私が、まだそこに見えるような気がして。いつの間にか、彼が隣に立っていた。「もう会えなくなるのかな」。私の言葉に、彼は笑って首を横に振った。そうだ。私たちの舞台は、まだ終わってないんだ。彼の乗ったブランコが、ゆっくりと揺れ始めた。その揺れを、私はいつまでも見つめていた。

みのりが去る。

二月十一日、昼。鳥羽プロダクション。

鳥羽専務・嵐山がやってくる。嵐山がワープロ用紙の束を広げて、読む。

嵐山　清水あおい作、『ブランコまであと一歩』完。なんてことだ。

鳥羽専務　どういう意味ですか、嵐山さん。つまらないってことですか？

嵐山　とんでもない。私が読みたかったのは、これです！

鳥羽専務　そうですか。気に入ってもらえましたか。

嵐山　しかし、女優さんが、自分の恋愛経験をここまで赤裸々に書いてしまっていいんでしょうか。

鳥羽専務　いいんじゃないですか？　事実かどうか、わからないんだし。

嵐山　いや、私にはわかります。この小説は、フィクションにしては、あまりにリアリティがありすぎる。ああ、それなのにそれなのに、作者の視点はあくまでクールで客観的。とても、女性が書いたものとは思えません。

鳥羽専務　これもすべて、嵐山さんのご指導のおかげですよ。

嵐山　私は何もしてません。何しろ、清水さんには、まだ一度もお目にかかってないんですから。

鳥羽専務　そうでしたっけ？

嵐山　小説というものは、作家と編集者が二人で協力して作り上げるもの。清水さんとは、何度

鳥羽専務　もお会いして、仲良しになるところから始めたかったのに。

嵐山　会う前に完成しちゃいましたね。

鳥羽専務　三週間で四百枚。実に、一日二十枚のペースです。プロの方でも、なかなかこうはいきません。

嵐山　プロ顔負けってことですか。やっぱり、嵐山さんの目は正しかったんですね。そして、俺の目も。

鳥羽専務　ゲラが出たら、すぐにお持ちします。その時には、ぜひ清水さんに会わせてください。次回作のこともありますから。

嵐山　もう次回作ですか？　ちょっと気が早くないですか。

鳥羽専務　この作品が出版されたら、他から依頼が殺到するでしょうから。

嵐山　そうなったら、テレビ局の方から「出演してください」って頭を下げに来るでしょうね。

鳥羽専務　ざまあ見ろだ。よし、今日も寿司を奢っちゃおうかな。

鳥羽専務・嵐山が去る。

7

三月十一日、夜。池尻大橋にある、喫茶店。
鞍馬・紅子がやってくる。

紅子　よし、これで準備オーケイね。
鞍馬　料理はできたし、シャンパンも冷えてるし。後は、みんなが来るのを待つだけだ。
紅子　どうしよう、また緊張してきちゃった。私が緊張しても仕方ないのに。
鞍馬　そこが紅ちゃんのいいところさ。友達思いのところが。
紅子　何言ってるのよ。私より、コーちゃんの方が友達思いじゃない。
鞍馬　そんなことないよ。僕はただの紅ちゃん思いさ。
紅子　イヤね、コーちゃんたら。

そこへ、将太・みのりがやってくる。

将太　よう、相変わらずイチャイチャしてるな。

鞍馬　悔しかったら、将太も結婚すればいいじゃないか。
将太　誰と。
紅子　そんなの決まってるでしょう?
みのり　紅子さん、電話はかかってきました?
紅子　まだよ。さっきから心臓がバクバクして、今にも口から飛び出しそう。
将太　落ち着けよ。おまえが賞をもらうわけじゃないんだから。
紅子　でも、珍しいわね。
将太　こういう時は、みんなで酒でも飲みながら、のんびり待った方がいいんだ。受賞できたら受賞パーティーになるし、ダメだったら残念パーティーになる。
鞍馬　その方が、あおいちゃんのためだよな。
将太　うるさいな、いちいち。

そこへ、あおい・葉子がやってくる。

葉子　お待たせしました、皆さん。
紅子　(あおいに) 待ってたわよ、新人賞候補。
葉子　電話はまだですよね?
鞍馬　ええ。そろそろかかってきてもいい頃だと思うんですけど。
あおい　どうせダメなんだから、気にすることないのに。

みのり　またそんな言い方をして。みんな、お姉ちゃんのことを心配してくれてるのよ。
将太　どっちにしても、今日はパーッとやろう。つまらないことは忘れて。
あおい　何よ、つまらないことって。
紅子　(将太に) 幼稚園の方、あんまりうまく行ってないの?
将太　はっきり言って、今月がヤマだな。
鞍馬　やっぱり、園児が集まらないのか?
みのり　すぐ近くに、英才教育を売り物にしてる所があるんですよ。私立の小学校を受験するには、そっちに行った方が有利みたい。
紅子　将太の幼稚園だって、いい所なのに。
鞍馬　空手を教える幼稚園なんて、健康的だよね。
将太　親にとっては、健康より進学の方が大事なんだよ。
あおい　それじゃ、いよいよ潰れるわけ?
みのり　やめてよ、お姉ちゃん。
将太　その時は、またみんなでパーッとやろう。「さよなら、大原幼稚園」って。
鞍馬　やろう、やろう。またうちの店で。
紅子　コーちゃんのバカ。

電話のベルの音。

将太　来たか、ついに。
紅子　コーちゃん、出てよ。
鞍馬　僕が？　あおいちゃん、出てよ。
あおい　私が？　葉子さん、出てよ。
葉子　仕方ないわね。（と受話器を取り）はい、美女と野獣です。

遠くに光男が現れる。

光男　もしもし。私、八坂と申しますが。
葉子　何だ、光男？　ビックリさせないでよ。
光男　そのバカな声は姉さんだな？　電話はかかってきた？
葉子　まだよ。結果が出たらすぐに知らせるから、おとなしく待ってなさい。
光男　気になって、ジッとしてられないんだよ。
葉子　だったら、あんたもこっちへ来ればいいじゃない。
光男　でも、俺が行ったら変じゃないかな？
葉子　あんたのことなんか誰も気にしないって。じゃあね。（と受話器を置く）
みのり　弟さんですか？
葉子　ウチの弟、あおいちゃんの大ファンなのよ。だから、気になるみたいで。

そこへ、光男がやってくる。

光男 実はそうなんです。

葉子 光男。あんた、どこから電話してたの？

光男 隣のヒグチ薬局の前。（みんなに）突然お邪魔して、すいません。

将太 いいんですよ。一人でも多い方が、賑やかになるし。なあ、あおい。

あおい ……うん。

鞍馬 （光男に）まあまあ、立ってないで、座ってくださいよ。

紅子 （光男に）せっかくだから、あおいの隣にどうぞ。

光男 いや、僕はそんな身分の者ではありませんから。

みのり 遠慮なんかしないで、座って、座って。（と光男の腕を引っ張り、あおいの隣の椅子に座らせる）

光男 （あおいに）はじめまして。僕、前からファンだったんです。

あおい いつも葉子さんにはお世話になってます。

紅子 （光男に）あなた、あおいの小説は読みました？

光男 ええ、まあ。

紅子 なかなかおもしろかったでしょう？　素人にしては。

将太 いや、プロ顔負けだよ。（あおいに）おまえが小説を書くなんて、全然知らなかった。なぜ今まで隠してたんだよ。

あおい　別に隠してたわけじゃないよ。突然、書きたくなったから、書いたのよ。
将太　それでいきなり群青新人賞か？　作家志望のヤツが聞いたら、怒るぞ。
光男　仕方ないですよ。清水さんには、才能があったんですから。
鞍馬　あの小説の主人公、やっぱりあおいちゃんなの？
光男　そうです。
鞍馬　あなたに聞いたんじゃありません。どうなんだよ、あおいちゃん？
あおい　私そのものってわけじゃないけど、モデルにはなってるかな。
鞍馬　ということは、主人公の友達のバカみたいな男。あれはやっぱり、僕なんだな？　あおいちゃんが僕のことをどう思ってるか、よくわかったよ。
将太　何、怒ってるんだよ。あれは小説なんだぞ。
あおい　そうよ。私だったら、あんなこと書かないもの。
鞍馬　今、何て言った？
みのり　そう言えば、鞍馬さん。お姉ちゃんの花、今はどうですか？
鞍馬　どうって？
みのり　元気に咲いてますか？　もし、いつもより元気だったら、賞が取れるってことになるでしょう？
光男　花って、何のことですか？
鞍馬　いや、何でもないんです。
将太　隠すことないだろう、今さら。

紅子　（光男に）うちの人はね、人の頭の後ろに花が見えるんです。あおいはフリージア、将太は桔梗、みのりちゃんはアネモネ、私はヒナゲシ。
葉子　鞍馬君は？
鞍馬　わかりません。頭の後ろを覗くわけにはいかないし、花は鏡に映らないから。
光男　その花は、一体何を表してるんですか？
紅子　命です。その人の命が終わりそうになると、花も萎れて見えるんです。
葉子　じゃ、花を見れば、その人がいつ死ぬか、わかっちゃうんだ。
鞍馬　わかっても、絶対に言いませんけどね。
将太　態度には出るけどな。
みのり　（鞍馬に）お姉ちゃんの花、どうですか？　元気に咲いてますか？
あおい　いいよ、言わなくて。
鞍馬　うん、今日はやめとこう。
みのり　どうしてですか？　結果が早くわかれば、ドキドキしなくて済むのに。
鞍馬　それはそうだけど、何が起きるかわからないのが、人生なわけだし。
みのり　（光男を指して）じゃ、この人の花は？
鞍馬　あれ、今日は調子が悪いな。あんまりよく見えないや。
将太　なぜそんなにイヤがるんだよ。まさか、この人の花……。

電話のベルの音。

将太　今度こそ来たか。
紅子　コーちゃん、出てよ。
鞍馬　僕が？　あおいちゃん、出てよ。
あおい　私が？　葉子さん、出てよ。
光男　君が出ろよ。候補になったのは、君の小説なんだから。
あおい　わかったわよ。（と受話器を取って）はい、美女と野獣です。……清水は私ですが。……受賞というのは、どういうことなんでしょうか？　……はい。……はい。どうもありがとうございました。（と受話器を置く）
みのり　お姉ちゃん、取れたのね？
あおい　来週の日曜日、授賞式に来いって。
将太　やったな、あおい！
紅子　おめでとう！
鞍馬　よし、受賞パーティーを始めましょう。料理とお酒は、奥に用意できてます。
紅子　みんな、運ぶの、手伝ってくれる？

将太・みのり・鞍馬・紅子が去る。あおいも去りかけるが、立ち止まり、光男を見る。光男もあおいを見る。そこへ、将太が戻ってくる。

将太　あおい。鞍馬がシャンパンの瓶を割っちゃったんだ。乾杯はビールでもいいか？

あおい　何でもいい。それより、鞍馬君、怪我はしなかったの？

あおい・将太が去る。

葉子　やったわね。おめでとう。

光男　ああ。

葉子　何よ、うれしくないの？　さあ、あんたも一緒に手伝いなさい。

葉子が去る。光男がガッツポーズをして、去る。

8

三月十二日、朝。鳥羽プロダクション。
鳥羽専務がやってきて、ガッツポーズをする。そこへ、あおい・葉子がやってくる。

葉子　おはようございます、専務。
鳥羽専務　はい、おはよう。どうだ、あおい。新人賞作家の気分は。
あおい　別に。いつもと同じです。
鳥羽専務　いいね、いいね。俺は、いつもクールなおまえが大好きだよ。でもな、このニュースを聞いたら、クールではいられなくなるぞ。
葉子　何かいい話が来たんですか？
鳥羽専務　八坂、見直したぞ。テレビ局と映画会社に、あおいの小説を送ったんだって？　来たぞ、来たぞ、大物が。
葉子　テレビですか？　映画ですか？
鳥羽専務　映画だよ。篠原監督から、直々に電話があったんだ。
葉子　すごい。それって、本命だったんですよ。あおいちゃんは、篠原監督の映画に出るのが夢だったんです。ねえ、あおいちゃん？

あおい　でも、まさか、本当に出られるなんて。

鳥羽専務　よかったな、夢が叶って。だったら、主役じゃなくても、文句はないよな？

葉子　今、何て言いました？　主役じゃない？

鳥羽専務　待てよ。俺も頑張ったんだぞ。映画化の権利だけって言われたところを、あおいも含めて五人もウチから出せることになったんだ。

あおい　私は何の役ですか？

鳥羽専務　養成所時代の仲間で、やたらと声のでかい女がいただろう。あの役だよ。

葉子　それで、専務はオーケイしちゃったんですか？　清水が主役じゃないなら断るって、どうして言ってくれなかったんですか？

鳥羽専務　冷静になって、考えてみろ。今のあおいが、主役なんかやれると思うか？

そこへ、咲子がやってくる。

咲子　失礼します。鳥羽専務は、こちらにいらっしゃいますでしょうか？

葉子　すいません、今、取り込み中なんです。

鳥羽専務　伏見さんですね？　お待ちしてましたよ。こちらへどうぞ。

咲子　お邪魔します。

鳥羽専務　（あおいに）紹介しよう。マシンガンハウスの伏見さんだ。

咲子　清水さんですね？　群青新人賞、おめでとうございます。

あおい　ありがとうございます。

咲子　受賞直後はいろいろとお忙しいでしょう。それなのに、わが社の仕事を引き受けてくださるなんて、光栄です。

あおい　仕事？

咲子　もしかして、まだご存じないんですか？

葉子　ええ、初耳です。

咲子　（鳥羽専務に）こちらの方は？

鳥羽専務　あおいのマネージャーです。八坂、おまえはお茶をいれてこいよ。

葉子　専務、これはどういうことですか？

鳥羽専務　待てよ。伏見さんの話を聞いたら、あおいも絶対に喜ぶって。

咲子　（葉子に）もう一度、ご説明した方がよろしいでしょうか？

葉子　ええ、ぜひお願いします。

咲子　実は、昨日、こちらにお電話しまして、清水さんにエッセイを書いていただきたいとお願いしたんです。

あおい　エッセイ？

咲子　週刊誌の連載です。とりあえず半年間続けていただいて、原稿が溜まったところで単行本にする予定です。清水さんの本なら、必ずベストセラーになると思います。

鳥羽専務　僕もそう思います。やるよな、あおい？

葉子　いきなり言われても、困りますよ。
鳥羽専務　おまえに聞いてるんじゃない。どうなんだ、あおい？
葉子　（咲子に）大変ありがたいお話ですけど、清水は映画の仕事が決まったところなんですよ。
鳥羽専務　週に一度の連載なんて、やってる時間があるかどうか。
葉子　そうでもないだろう。どうせ大した役じゃないんだし。
鳥羽専務　でも、久しぶりの映画です。作家の仕事は少し休んで、女優に専念させたいんです。
あおい　いつからおまえが方針を決める立場になったんだ？
咲子　私、やります。
あおい　本当ですか？
鳥羽専務　ええ。やらせてください。
葉子　（葉子に）ほら、見ろ。
あおい　あおいちゃん、本気？
葉子　無理かな？　時間、ないかな？
あおい　それは、どうにでもなると思うけど。
葉子　葉子さん、お願い。
鳥羽専務　でも、本当にいいの？　イヤだったんじゃないの？
あおい　あおいがやるって言ってるんだ。何か問題でもあるのか？
咲子　（咲子に）よろしくお願いします。
こちらこそ。私にできることでしたら、何でもお手伝いします。

葉子　すいません。急いで連絡を取りたいところがあるので、これで失礼します。あおいちゃん。

あおい・葉子が去る。入れ違いに、嵐山がやってくる。

鳥羽専務　あれ、嵐山さん。
嵐山　今のはもしかして、清水あおいさんではありませんか？
鳥羽専務　そうですよ。
嵐山　失礼します。（と後を追おうとする）
鳥羽専務　まあまあ。（と引き止めて）お話でしたら、私が伺いますから。
嵐山　しかし、せっかくお会いできたのに。
鳥羽専務　ここへ来れば、またいつでも会えますよ。で、今日の話は？
嵐山　清水さんと次回作の打ち合わせをしたいと思いまして。
鳥羽専務　申し訳ない。嵐山さんのところは、また今度ってことにしてもらえますか。
嵐山　どういう意味ですか？
鳥羽専務　こんな言い方をして、怒らないでくださいよ。もっと条件のいい話が、先に決まっちゃったんですよ。（咲子に）ねえ。
咲子　ええ。
嵐山　（鳥羽専務に）こちらの方は？
咲子　私、マシンガンハウスの伏見咲子と申します。（と名刺を差し出す）

嵐山　（受け取って）読めば読むほど頭が悪くなるマシンガンですか。
咲子　そういうあなたは？
嵐山　荒波書店の嵐山梅太郎です。（と名刺を差し出す）
咲子　（受け取って）読めば読むほど婚期が遅れる荒波ですか。
嵐山　婚期が遅れるとは何ですか。私だって、いつかは気立てのいい人と。
鳥羽専務　まあまあ。じゃ、僕は伏見さんと打ち合わせがありますんで。（咲子に）詳しいことは、ステーキでも食いながら話しましょう。寿司はもう食い飽きたし。

鳥羽専務・咲子が去る。そこへ、葉子が戻ってくる。大きな封筒を持っている。

葉子　よかった。やっぱり嵐山さんだったんですね。
嵐山　私は絶対に諦めませんよ。（と歩き出す）
葉子　ちょっと待ってください。嵐山さんにお願いがあるんです。
嵐山　私に？
葉子　（封筒を差し出して）これ、私の弟が書いた小説なんですけど、読んでもらえませんか？
嵐山　（受け取って）小説ですか。
葉子　一応、才能はあるみたいなんです。でも、なかなかデビューできなくて。
嵐山　わかりました。読みましょう。
葉子　すいません、いきなり面倒なことを頼んじゃって。

嵐山　私の生き甲斐は、新しい才能を育てること。喜んで、お引き受けします。

嵐山が去る。

9

三月十二日、夕。あおいのマンション。
光男がやってくる。

光男　それで、荒波の人は何て言ってた？
葉子　「喜んでお引き受けします」だって。嵐山さんて、見た目はあんまりパッとしないけど、いい人よね。
光男　惚れたのか？
葉子　バカなこと言うんじゃないの。それより、あの小説、どうなるかな。荒波書店で出版してくれたら、言うことなしなんだけど。
光男　そんなにうまく行くわけないだろう？　俺は、清水さんみたいな有名人じゃないんだし。
葉子　謙遜しちゃって。あんた、結構、自信があるんでしょう？
光男　まあな。少なくとも、前のヤツよりは楽に書けた。作者が男だってバレないように、気を使う必要もなかったし。
葉子　今度は、本当に芥川賞が取れたりしてね。もし取れたら、どうする？

光男　とりあえず、腹一杯、焼き肉を食う。
葉子　もっと大きな夢はないの？

そこへ、あおいがやってくる。

あおい　こんばんは。わざわざ来てもらって、すいません。
光男　聞いたよ、映画の話。おめでとう。
あおい　全部、光男さんのおかげです。
光男　本気で言ってる？
あおい　ええ。エッセイの仕事も、よろしくお願いします。
光男　せっかくだから、いいものにしよう。でも、なぜやる気になったんだ？　小説の時は、あんなにイヤがってたのに。
あおい　専務が、もうオーケイしちゃってたから。
葉子　でも、断ろうと思えば断れた。まだ契約はしてなかったんだし。
あおい　今の私は、仕事を選べるような立場じゃないもの。主役がやりたかったら、もっと本を出して、名前を売らないと。
光男　なるほどね。で、何か希望はある？
あおい　希望って？
光男　どんなエッセイにするかだよ。現代社会を鋭く批判するとか、プライドを捨てて、お笑いに徹するとか。

葉子　変に捻るより、あおいちゃんの人柄がわかるものの方がいいな。

光男　じゃ、特にテーマは決めないで、身辺雑記って感じにするか。今日、仕事場でこんなことがあったとか、最近、こんなものに興味を持ってるとか。

葉子　賛成。あおいちゃんは？

あおい　昔の話ならともかく、今の自分を書くのは、ちょっと照れくさいな。

光男　書くのは俺だよ。君は、自分の思ってることを正直に言えばいいんだ。

あおい　それは、わかってますけど。

光男　映画の撮影はまだ始まってないよね？　今は何をしてるの？

葉子　それがすごいのよ。小説が出てから、他の仕事も来るようになって。

あおい　（光男に）明日は、ラジオのトーク番組に出るんです。生放送の。

光男　おもしろそうだな。よし、俺も一緒に行こう。

あおい　どうしてあなたが？

光男　その話が、第一回のテーマになるかもしれないじゃないか。だったら、俺も現場を見ておいた方がいい。

葉子　名案じゃない。光男が一緒に来れば、こうやって話をする必要もない。その方が、あおいちゃんも楽よ。

光男　（あおいに）いや、どうせなら、君に毎日くっついていくことにしよう。

あおい　毎日？

光男　ネタ探しだよ。自分の目で見たことなら詳しく書けるし、臨場感だって全然違う。
あおい　それは困る。いくら何でも、毎日っていうのは。
光男　君の邪魔はしない。俺は君の後ろに立って、見ているだけだ。そうすれば、君が気づかなかったことにだって、気づくかもしれない。
あおい　そんなことまで書く必要があるの？
光男　俺は作家だ。おもしろいものが書きたいんだ。
あおい　でも、それは嘘よ。私は、もう嘘を書かれたくない。嘘は、あの小説だけでたくさんよ。
光男　君は、あれが嘘だって言うのか？
あおい　あそこに出てくる主人公は、私じゃない。私が主人公なら、あんな安っぽい恋愛小説にはならなかったはずよ。
光男　俺は君の話をもとにして書いたんだ。
あおい　何が「もとにして」よ。勝手な憶測まで書き加えて、まるで女性週刊誌じゃない。
光男　憶測じゃない。作家としての想像だ。
葉子　二人とも、落ち着きなさい。今はエッセイの話をしてるんでしょう？　小説に不満が残ってるなら、エッセイを納得できるものにすればいいじゃない。
光男　（あおいに）どうすれば納得できるんだ？
あおい　嘘は絶対に書かないでください。
光男　わかった。そのかわり、俺が一緒に行動しても、文句を言わないでくれ。俺は、君が見たものだけを書くから。本当の君を書くから。

電話のベルの音。

あおい　（携帯電話を出して）はい、清水です。

遠くにのぶ枝が現れる。

のぶ枝　あおいさん？　私、大原幼稚園の音無です。

あおい　のぶ枝先生。どうしたんですか、こんな時間に。

のぶ枝　実は、ウチの幼稚園で火事があって。

あおい　火事？　みのりが怪我でもしたんですか？

のぶ枝　それは大丈夫。火事って言っても、カーテンがちょっと燃えただけだから。でも、みのり先生がショックで倒れちゃって。迎えに来てあげてほしいの。

葉子　（あおいに）みのりちゃん、どうかしたの？

あおい　幼稚園で火事があったんだって。でも、怪我はしてないって。

葉子　迎えに行った方がいいんじゃない？

光男　（あおいに）何をグズグズしてるんだ。行くぞ。

あおい　ちょっと、もうくっついてくるつもり？

あおい・光男が走り去る。後を追って葉子が去る。

のぶ枝　もしもし？　あおいさん？　もしもし？

のぶ枝が受話器を置く。

10

三月十二日、夜。西荻窪にある、大原幼稚園。
将太・みのりがやってくる。

のぶ枝　みのり先生、気分はどう？
みのり　もう落ち着きました。心配をかけて、すいませんでした。
将太　まあ、大きな火事にならなくてよかった。怪我人も、一人も出なかったし。
みのり　でも、新聞には載りますよね？　消防車まで来ちゃったんだから。
将太　たぶんんね。
みのり　それを読んだら、新しい園児はもう来ないいんじゃないですか？
将太　今から心配しても仕方ないよ。対策は、また明日になってから考えよう。
みのり　でも、今いる園児まで、他へ移るって言い出したりしたら。
のぶ枝　（将太に）私が悪いんです。私が消防車なんか呼んじゃったから。冷静に考えれば、すぐに消せる火だったのに。
将太　俺が留守にしていたのも悪かったんです。のぶ枝先生のせいじゃない。

のぶ枝　でも、遊戯室は水浸しですよ。当分、使い物にならないと思います。
将太　じゃ、明日から休みにしましょう。春休みにはちょっと早いけど、事情を話せば、父兄もわかってくれますよ。

そこへ、文太がやってくる。後から、あおい・光男がやってくる。

文太　兄さん、お客さんだよ。
みのり　お姉ちゃん、どうしたの？
あおい　あんたを迎えに来たのよ。（将太に）丸焼けになってたら、どうしようかと思った。
将太　悪かったな、忙しいのに。
のぶ枝　（光男に）あの、あなたは？
あおい　私のマネージャーの弟さんです。たまたま、ウチに遊びに来てたんで。
光男　（のぶ枝に）火事の現場はどこですか？
のぶ枝　隣の遊戯室です。燃えたのは、カーテンだけですけど。
みのり　園長先生が、お姉ちゃんを呼んだんですか？
のぶ枝　私が呼んだのよ。みのり先生を一人で帰すのが心配だったから。
みのり　（あおいに）悪いけど、先に帰って。私はまだ仕事があるから。
将太　今日はいいよ。疲れただろう？
みのり　でも、私のせいなのに。

あおい　みのりのせいなの？
将太　そうじゃないよ。
みのり　私が悪いんです。
光男　一体、何があったんですか？
みのり　ストーブをつけて、仕事をしてたんです。新しい園児を集めるために、ポスターを作ろうって、のぶ枝先生と相談して。十時過ぎに、換気しようと思って窓を開けて、いつの間にか居眠りしちゃって、目が覚めたらカーテンが。
のぶ枝　違うわ。みのり先生は悪くない。
みのり　のぶ枝先生。
のぶ枝　もういいのよ。私、本当のことを言います。
将太　本当のことって？
のぶ枝　私、みのり先生に言ったんです。「眠かったら、寝てていいよ。窓は、私が閉めておくから」って。それなのに、私まで居眠りしちゃって。悪いのは全部、私なんです。本当にすいませんでした。
将太　謝ることないですよ。そんな時間まで仕事をさせたのは、俺なんですから。
のぶ枝　でも、火事を出したのは私です。私、ここを辞めます。
文太　どうしてのぶ枝先生が辞めるんだよ。
のぶ枝　その方がいいのよ。火事を出した本人がいなくなれば、父兄も安心して子供を預けられるじゃない。

将太　辞める必要はありません。大原幼稚園は、今年で最後にします。

文太　待てよ、兄さん。そんなこと、俺は聞いてないぞ。

将太　今、決めたんだ。もともと、今月の支払いができなかったら倒産するところだった。でも

これで、やっと決心がついた。だから、のぶ枝先生も最後までつきあってくれませんか。

のぶ枝　でも。

将太　お願いします。（あおいに）みのり先生を連れて帰ってくれるか？

光男　任せてください。（みのりに）さあ、帰りましょう。

将太　文太。タクシーを拾ってきてくれ。

文太　タクシーなら、大通りに出れば、すぐに拾えるよ。

光男　ありがとう。ところで、君は誰だ。

あおい　将太の弟の文太君よ。

光男　（文太に）はじめまして。葉子の弟の光男君です。

あおい　いいから、タクシーを拾ってきてよ。

みのり　私が行く。（将太に）後はよろしくお願いします。

のぶ枝　今夜は早く寝るのよ。（将太に）じゃ、私は父兄に連絡してきます。

文太　俺も手伝うよ。

光男・みのり・のぶ枝・文太が去る。あおいも行きかけるが、立ち止まる。

将太　どうした？
あおい　幼稚園、本当にやめるつもり？
将太　ああ。金を借りようと思って、あちこち走り回ったんだけど、この不景気だろう？　ろくに集まらなかった。
あおい　今月の支払いって、どれぐらいあるの？
将太　あおいには関係ないよ。
あおい　あるよ。私だって、この幼稚園がなくなるの、イヤだもの。思い出の場所だから。
将太　『シラノ・ド・ベルジュラック』か。
あおい　そうよ。四人で夜中まで練習したじゃない。
将太　気がついたら、外が明るくなってたってこともあったよな。
あおい　覚えてる？　バルコニーのシーンの練習。私がジャングルジムのてっぺんに登って。
将太　俺が下から呼びかけたんだ。「ロクサーヌ。わが愛しのロクサーヌ」。
あおい　答えようとしたら、足を踏み外しちゃって、真っ逆さま。でも、落ちたのが将太の上だったから、無事だった。
将太　（額を見せて）その時の傷だよ。人を傷物にしやがって。責任取れよな。
あおい　私が卒業公演に出られたのは、ここで練習できたからよ。だから、絶対になくなってほしくないの。
将太　でも、もうどうしようもないんだ。打つ手なし。
あおい　お金さえあれば、何とかなるでしょう？　私から、借金する気はない？

あおい　あおいから？

将太　ほら、私、小説を書いたじゃない。あの印税が結構たくさん入ったのよ。

光男が戻ってくる。あおい・将太は気づかない。

あおい　気持ちはうれしいけど、あおいから借りるわけにはいかないよ。

将太　どうしてよ。

あおい　これは、俺一人の問題だからだ。

将太　いつもそうだね。お父さんが亡くなった時も、役者をやめた時も、私には一言も言ってくれなかった。

あおい　おまえに心配をかけたくなかったんだ。

将太　勝手に決めつけないでよ。私にも、将太のために、何かさせてよ。

あおい　俺はやっぱり、園長なんてやる柄じゃなかったんだ。親父が三十年かけて大きくしたものを、たったの五年で潰したんだからな。

将太　だから、諦めるの？　役者をやめてまでやろうとしたことを、途中で終わらせるの？

あおい　もう答えは出たんだよ。

光男が小銭を落とす。

あおい　いつからそこにいたの？

光男　たった今。タクシーが待ってますよ。ボブ・サップみたいな運転手だから、あんまり待たせない方がいいんじゃないかな。

あおい　わかったわよ。（将太に）答えを出すのは、もう少しだけ待ってよ。

将太　待っても、答えは変わらないよ。

あおい　頑固なヤツ！

あおいが去る。

光男　彼女は彼女なりに、あなたを心配してるんだと思いますよ。

将太　わかってます。

光男が去る。反対側へ、将太が去る。

11

三月二十一日、夜。半蔵門にある、ラジオ局のスタジオ。
エリカがやってくる。椅子に座る。

エリカ　乾いた心に、元気のシャワー。深草エリカの『ゴージャス・リップ』。この番組は、ミュージカルから歌舞伎まで、楽しい芝居が見たくなったら、いつでもおいで、池袋サンシャイン劇場の提供でお送りします。ハーイ、みんな元気？　深草エリカの『ゴージャス・リップ』の時間だよ。エリカたちのニューアルバム、もう聞いてくれた？　実は、今回のレコーディングで、エリカは変わったんだ。パワフルな曲ばっかりだから、私もパワーつけなくちゃいけなくて。それには食べるのが一番じゃない？　ガンガン食べて、ガンガン歌ったよ。気づいたら、体重が二十キロも増えてた。前は三十九キロだったのに、五十九キロまで。バンドのメンバーには、横綱って呼ばれちゃって。悔しいから、レコーディングの後、早速ダイエット。今は小結ぐらいになりました。そんなわけで、ちょっぴり変身したエリカを見たかったら、ライブに来てちょうだい！　じゃ、今夜の一曲目。エリカたちのニューアルバムから、『ゲーム・オーバー』。ヒア・ウイ・ゴー！

そこへ、あおい・葉子・光男がやってくる。

エリカ （あおいに）この曲が終わったら、ゲストコーナーだからね。

あおい 清水あおいです。よろしくお願いします。

葉子 （エリカに）マネージャーの八坂です。清水は、生放送は久しぶりなんですよ。どうか、お手柔らかにお願いします。

エリカ 私の方こそ、トンチンカンなこと言うかもしれないけど、怒らないでね。（あおいを見て）あれ？　私、前にあんたと会ったことなかったっけ？

あおい いいえ。今日が初めてです。

エリカ そうだよね。でも、あんたの顔、どっかで見たような気がするな。

葉子 テレビで見たんじゃないですか？　清水は女優ですから。

エリカ 何だ、早く言ってよ。あれ？　今日のゲストは作家だって聞いたけど。

葉子 本業は女優ですけど、小説も書いたんです。群青新人賞を取った、『ブランコまであと一歩』。

エリカ それ、私、読んだよ。バンドのメンバーが「読め、読め」ってうるさいから。バカ売れなんだって？

葉子 今度、映画にもなるんですよ。

エリカ すごいな、女優で作家なんて。そういうの、何て言うんだっけ。天は二物を与えず？　思

あおい　いっきり与えてるじゃないよ。
エリカ　大したことないんです。賞が取れたのは、運がよかっただけで。
あおい　思い出した。あんた、朝の連続ドラマでヒロインをやってなかった？
エリカ　ええ。五年も前ですけど。それがデビューです。
葉子　覚えてるよ。毎日見てたもん。確か、織田信長のヤツだよね？
エリカ　違うドラマと混ざってませんか？
あおい　あ、曲が終わる。ちょっと静かにしてて。……どうだった？　自分で言うのもなんだけど、かなりカッコいいでしょう？　この曲のCD、ロビーで売ってるからね。一人一枚、必ず買って帰ること。わかった？　じゃ、次はゲストコーナーに行ってみようか。今日のゲストは女優さんで、しかも、小説『ブランコまであと一歩』の作者、清水あおいさんです！
エリカ　こんばんは。
あおい　みんなはこの小説、もう読んだ？　嘘、読んでないの？　信じられない。今、ベストセラーなんだよ。
エリカ　群青新人賞も取ったんです。
葉子　（笑ってごまかして）そう、賞も取りました。飽きっぽい私が、最後まで一気に読んじゃった。それだけおもしろかったってことだよ。
エリカ　ありがとうございます。
あおい　でもさ、女優さんが小説を書く暇なんか、よくあったね。私なんか、歌だけで精一杯なのに。

葉子　清水は根性がありますから。
エリカ　（笑ってごまかして、あおいに）登場人物には、誰かモデルがいるの？
あおい　いることはいます。でも、本人をそのまま書いたわけじゃありません。
葉子　（エリカに）事実に想像をプラスしたんですよ。小説ですから。
エリカ　業務連絡、業務連絡。清水さんのマネージャーさん。これは生放送だから、お静かに。
葉子　失礼しました。
エリカ　さて、清水さん。自分で小説を書くぐらいだから、他の人のもいっぱい読んでるよね？その中で、一番好きな作家は誰？
あおい　えーと。（と光男を見る）
光男　（答えを体で表現する）
あおい　（エリカに）芥川龍之介です。『杜子春』なんか、大好きです。
エリカ　私、それ、読んでない。そんなに昔の人じゃなくてさ、今の作家の中で、一番好きな人は？
あおい　えーと。（と光男を見る）
光男　（答えを体で表現する）
あおい　（エリカに）村上春樹です。『ノルウェーの森』には泣かされました。
エリカ　それも読んでない。なんか、話が全然弾まないね。そうだ。この小説の中に、カッコいい恋人が出てくるじゃない。あれって、実在の人物？
光男　（手で丸を作る）

あおい　違います。
エリカ　おや？　急に顔つきが変わったぞ。ということは、やっぱり、本当の恋人？
光男　（手で丸を作る）
エリカ　（光男を示して）あそこで踊ってる人は、何？
葉子　付き添いです、ただの。
エリカ　（あおいに）あの人が恋人だったりして。
あおい　いいえ、全然違います。
エリカ　そうだよね。あの人じゃなくて、ホッとした。でも、清水さんだって、もういい年だもん。恋人ぐらいいるでしょう？
あおい　恋人って呼べるかどうかはわからないけど。
エリカ　何よ、フラれそうなの？
あおい　はっきりしないの。あんまり会わないし。
エリカ　でも、あんたはその人のこと、好きなんでしょう？
あおい　よくわからない。
エリカ　自分の気持ちなのに、よくわからないって何よ。
あおい　気になることは確かなんだ。でも、今は会えなくても平気なの。
エリカ　あのさ。自分の十年後って、考えたことある？
あおい　十年後？
エリカ　私は、たまに考えるんだ。十年後、自分はどうなってるだろうって。もちろん、今と同じように歌っていたいよ。でも、そうなるためには、今が大切じゃない。だから、どんなに忙しくても、レッスンには必ず行く。あんたも目先のことだけじゃなくて、もっと遠くまで考えてみなよ。

あおい もっと遠く？

エリカ 英語で言えば、……何だっけ。

葉子 「ファーザー・アロング」ですよ。

エリカ （笑ってごまかして）そう、それ。道に迷った時は、遠くの景色を見つめるんだよ。そうすれば、今、何をやるべきか、きっと見えてくる。

あおい わかった。そうしてみる。

エリカ あー、久しぶりにまじめにしゃべったら、頭が痛くなってきちゃった。ゲストコーナーはこれでおしまい。清水さん、またね！

あおい ありがとうございました。

エリカ 特別出演のマネージャーさんも、またね！

葉子 お邪魔しました。

エリカ じゃ、今夜の二曲目。二十世紀に生まれたバンドの中で、私たちが一番好きなバンド、スパイラルライフの『アンサー』、ヒア・ウイ・ゴー！

あおい・葉子・光男・エリカが去る。

12

将太

将太がやってくる。ワープロ用紙を広げて、読む。

振り返ると、幼稚園の建物が私を見つめていた。五年前と、少しも変わらない姿で。「あなただって、なくなるのはイヤでしょう?」。私が話しかけても、建物は何も答えなかった。園庭のブランコが、風に吹かれて、小さく揺れただけだった。幼稚園の持ち主は彼だ。私は彼のことを、諦めるという言葉から最も遠い人だと思っていた。その彼が諦めようとしているのだ。私が何を言っても無駄だということは、初めからわかっていた。が、わかっていても、諦められないことだってある。五年前、もしこの幼稚園がなかったら、真夜中まで練習に付き合ってくれた彼がいなかったら、私は女優になれなかったかもしれない。いや、それだけじゃない。どんなにイヤな仕事でも、それがお芝居なら我慢できる。あの時の練習が、私にお芝居をすることの喜びを教えてくれたから。だから、なくなってほしくない。彼に何と言われようと、私はなくなってほしくないのだ。

将太が去る。

三月二十二日、朝。鳥羽プロダクション。
葉子・咲子がやってくる。咲子はワープロ用紙を広げて、読む。

咲子　なるほど、こう来ましたか。
葉子　どうでしょう、出来の方は？
咲子　文句なしです。
葉子　本当ですか？　本人は、あまり気に入ってないみたいなんですけど。
咲子　あら、どうしてですか？
葉子　だって、まるで小説の続きみたいじゃないですか。
咲子　読者はそれを求めてるんですよ。小説の方は、二人の恋がこれから始まるぞってところで終わっちゃったでしょう？　あれからどうなったのか、気になってるはずですよ。
葉子　でも、小説を読んでない人には、よくわからないじゃないですか。
咲子　逆ですよ。このエッセイを読めば、二人のことがもっと知りたくなるでしょう？
葉子　そうすれば、今度は小説を買って読むわけだ。一石二鳥ってヤツですね？
咲子　しまった。また、荒波の本が売れてしまう。

そこへ、嵐山がやってくる。封筒を持っている。

嵐山　失礼します。

咲子　あら、噂をすれば、荒波さん。
嵐山　むむ、マシンガン。今日は一体何の用ですか。
咲子　それはこっちの科白ですよ。
葉子　嵐山さん、ごめんなさい。清水は映画の撮影に行ってるんです。
嵐山　いいえ。今日は八坂さんに用があって参りました。お預かりした原稿を、お返ししようと思いまして。
咲子　原稿って、まさか、清水さんの？
葉子　違いますよ。（嵐山に）わざわざすいません。
嵐山　（封筒を差し出して）嵐山梅太郎、命を懸けて、読ませていただきました。
葉子　（受け取って）それで、出来の方は？
嵐山　はっきり申し上げて、もう少し勉強をなさるべきだと思います。
葉子　は？
嵐山　確かに、文章力はすばらしい。プロと比べても、全く遜色はありません。しかし、この小説には、一番大切なものが欠けています。
葉子　一番大切なもの？
嵐山　弟さんにそう伝えていただければ、おわかりになると思います。
咲子　八坂さんの弟さんも、作家なんですか？
葉子　ええ。才能があるんだかないんだか、よくわからないんですけど。

そこへ、鳥羽専務がやってくる。

鳥羽専務 どうもどうも、伏見さん。いかがでしたか、あおいのエッセイは。全盛期のマイケル・ジョーダンのダンクシュートって感じでした。

咲子 楽しいな、伏見さんは。話をしてると、気分がパッと明るくなる。あれ？ この辺りだけ、やけに暗いぞ。空気もやけにジメジメしてる。

鳥羽専務 どうも。

嵐山 なんだ、嵐山さんでしたか。あおいなら、留守ですよ。どこまでもタイミングの悪い人ですね。

鳥羽専務 嵐山さんは、私に会いに来たんです。

葉子 なるほどね。（嵐山に）八坂を丸め込んで、あおいに次回作を書かせようって魂胆ですか。

鳥羽専務 違いますよ。ねえ、嵐山さん？

葉子 そういう手もあったか。

嵐山

葉子の携帯電話が鳴る。

葉子 （嵐山に）ちょっとすいません。

鳥羽専務 （先に電話を取って）はい、鳥羽。

遠くに光男が現れる。

光男　あれ？　そちらは八坂の携帯じゃありませんか？
鳥羽専務　ええ、そうですよ。あなたは？
光男　八坂と申しますけど。
鳥羽専務　ちょっとお待ちください。八坂、八坂さんから電話。
葉子　勝手に出ないでください。（と電話を取って）もしもし、代わりました。
光男　姉さん？　俺。
葉子　光男。どうしたの？
光男　清水さんが怪我をしちゃって、今、病院にいるんだ。
葉子　怪我？　どうして？
光男　セットの高い所から落ちたんだ。気を失って、救急車で運ばれた。四谷の聖イグナチオ病院だけど、場所、わかるか？
葉子　駅の目の前でしょう？　すぐに行くわ。（と電話を切る）

光男が去る。

鳥羽専務　弟さん、怪我をしたのか？
葉子　いいえ、あおいちゃんです。セットから落ちたそうです。（と歩き出す）

鳥羽専務　何だと？　よし、俺も行く。
葉子　専務はここにいてください。入院するほどの大怪我だったら、マスコミ対策をしてもらわないと。
鳥羽専務　そうだな。しかし、なぜおまえの弟が、あおいの怪我を知らせてきたんだ？
葉子　その話は、また今度。とにかく、病院に行ってきます。
嵐山　八坂さん、清水さんに伝えてください。苦しい時は、嵐山の笑顔を思い出してくださいと。
葉子　わかりました。

葉子が去る。

咲子　でも、あなたは清水さんに会ったことないんですよね？
嵐山　しまった。八坂さん、待ってください。伝言を変えさせてください。

嵐山が去る。後を追って、鳥羽専務・咲子が去る。

13

三月二十二日、昼。四谷にある、聖イグナチオ病院の廊下。
あおい・みのりがやってくる。あおいは頭に包帯を巻いている。

みのり ほら、もっとしっかり歩いて。
あおい ダメ。世界が揺れてる。血がいっぱい出たからかな。
みのり 血が出たってことは、大した怪我じゃなかったってことよ。よかったね！
あおい 大きな声を出さないでよ。頭に響くから。

そこへ、光男がやってくる。

光男 どうだった？
みのり ただのかすり傷ですよ。五針縫っただけで済みました。
光男 骨に異常はなかったんだ。
みのり 一応、ＣＴスキャンも撮りましたけど、たぶん大丈夫だろうって。

光男　よかった。頭から落ちたから、絶対に無事じゃ済まないと思ってたんだ。
あおい　悪かったわね、無事で済ませちゃって。
光男　みのりさん、よく落ち着いていられるな。男の俺がこんなにドキドキしてるのに。
みのり　ウチの園児も、よく怪我をしますから。
あおい　子供と一緒にしないでよ。

そこへ、鞍馬・紅子がやってくる。

紅子　あおい、大丈夫？
あおい　お願いだから、もう少し小さい声でしゃべって。
紅子　頭に響くの？　横になってなくていいの？
みのり　大した怪我じゃないんですよ。ほんの五針、縫っただけです。
鞍馬　よかった。みのりちゃんから電話をもらった時は、葬式の手配まで考えちゃったよ。
紅子　（あおいに）今のは嘘よ。コーちゃんは「絶対に大丈夫だ」って言ってたの。
あおい　だったら、何も二人揃って来ることなかったのに。
紅子　それは仕方ないわ。私たちの体、赤い糸でぐるぐる巻きだから。
みのり　私、もう幼稚園に戻らないと。
紅子　あおいは私の車で送っていく。だから、心配しないで。
あおい　大袈裟なのよね。頭を打ったぐらいで。

みのり　真っ直ぐ歩けない人が威張るんじゃないの。（紅子に）それじゃ、後はよろしくお願いします。

みのりが去る。

紅子　で、怪我はどれぐらいで治りそうなの？
あおい　全治二週間だって。ちょっとハゲができちゃった。名誉の負傷ってとこ。
光男　必要以上に張り切るからだ。助監督は「気を付けろ」って言ったのに。
あおい　あなたは黙っててよ。見てただけのくせに。痛い。（と頭を押さえる）
紅子　バカね。自分で大きな声を出して。
光男　鞍馬さん。あなた、やっぱり知ってたんですね？
鞍馬　何をですか？
光男　清水さんが怪我をするってことですよ。だから、この前、花を見るのをイヤがったんでしょう？
鞍馬　怪我まではわかりませんよ。僕にわかるのは、命に関わることだけです。
光男　それじゃ、やっぱり、僕の花が？
鞍馬　あおいちゃん、そろそろ帰ろうか。
光男　どうして話を逸らすんですか。やっぱり、僕は死ぬんですね？
鞍馬　死にませんよ。あなたの花は元気です。

光男　心がこもってない。

鞍馬　本当ですって。もう、その話はいいじゃないですか。

あおい　そうよ。「あなたの花は萎れてます」って言われたって、どうしようもないわけでしょう？　だったら、知らない方がマシよ。

そこへ、葉子がやってくる。

葉子　あおいちゃん！　歩いたりして、平気なの？

あおい　ごめんね、心配かけて。五針縫っただけで、骨には異常なし。今、検査の結果待ち。

葉子　光男、あんたは何してたの？　見てただけ？

光男　見てただけじゃない。いろんなことを考えてたんだ。「あ、落ちそうだ」とか、「あ、落ちた」とか。

葉子　考えてる暇があったら、助けに行きなさいよ。だらしないわね。

鞍馬　弟さん、その場にいたんですか？　あおいちゃんと一緒に？

光男　ええ、まあ。

葉子　（鞍馬に）こいつ、あおいちゃんのファンじゃない？　一度でいいから、撮影現場が見たいって言い出して。

あおい　（鞍馬に）葉子さんも用事があったから、代わりに来てもらったの。

葉子　そうそう。エッセイの一回目、オーケイだったわよ。伏見さん、喜んでた。

あおい　ああ、そう。
紅子　エッセイって、今度、連載するヤツ？　私、読んでみたいな。
あおい　読めるわけないでしょう？　原稿は編集の人に渡しちゃったんだから。
葉子　でも、コピーならあるわよ。（とバッグからワープロ用紙を出す）
紅子　読ませて、読ませて。（とワープロ用紙を取る）
あおい　ちょっと、返してよ。（とワープロ用紙に手を伸ばす）

紅子が逃げる。あおいが後を追う。鞍馬がワープロ用紙を取る。三人で読む。

光男　姉さん。今日は嵐山さんに会えた？
葉子　（バッグから封筒を出して）小説、読んでくれたって。
光男　（受け取って）何か言ってた？
葉子　それがよくわからないんだけど、もう少し勉強した方がいいって。
光男　何だよ、その言い方は。まるで素人扱いじゃないか。具体的にどこが悪いとか言ってなかったのか？
葉子　一番大切なものが欠けてるんだって。
光男　一番大切なもの？
葉子　本人に言えばわかるって言ってた。わかる？
光男　わかるわけないだろう。とんちクイズみたいなこと言いやがって。姉さん、俺は絶対に反

葉子　対だからな。
光男　何が？
葉子　嵐山との結婚だよ。
あおい　誰が結婚するって言ったのよ。
葉子　誰が結婚するって？
あおい　しないわよ、結婚なんか。それより、みのりちゃんはまだ来てないの？
葉子　さっきまでいたんだけど、幼稚園に戻った。
鞍馬　珍しいわね、あおいちゃんを置いて帰っちゃうなんて。
紅子　仕方ないですよ。今日は新しい買い手が——
あおい　コーちゃん！
鞍馬　今、何て言った？　買い手？
あおい　ごめん、紅ちゃん。
紅子　何よ。私に何か隠し事してるの？
あおい　あおい、ごめん。
紅子　いいから、ちゃんと話してよ。
あおい　将太の幼稚園、手放すことに決まったんだって。今日、不動産屋さんが、あそこを買いたいって人を連れてくるの。それで、急いで片付けをしなくちゃいけないのよ。
紅子　みのりがそう言ったの？
あおい　あおいには言わないでって。

あおい　わかった。（と歩き出す）
紅子　どこへ行くのよ。
あおい　決まってるでしょう。幼稚園よ。
紅子　あんた、みのりちゃんの気持ちがわからないの？　今、あんたが行って、何ができるのよ。
あおい　私はただ、将太と話をしたいだけよ。（と走り出す）
光男　バカ！　怪我人が走るな！

あおいが走り去る。後を追って、葉子・光男が走り去る。

鞍馬　紅ちゃん、怒ってる？
紅子　どうせ、いつかはバレることだもの。それに、これをきっかけにして、二人が話をするようになれば。
鞍馬　そうだね。まだ手遅れじゃないよね。

鞍馬・紅子が去る。

14

三月二十二日、夕。大原幼稚園。

のぶ枝と文太がやってくる。のぶ枝は画用紙の束を持っている。

文太　ああ、疲れた。今日中に片付けなんて無理だよ。

のぶ枝　若いくせに、情けないこと言わないの。（と画用紙の束を開く）

文太　何だい、それ？

のぶ枝　園児が卒園記念に描いてくれた絵。もう十年ぐらい前になるかな。

文太　（覗き込んで）うわー、これ、のぶ枝先生だろう？（読んで）「のぶ枝先生、結婚してね」。かわいいいな。

のぶ枝　隆也君も、今年で十六歳か。あれから、ずっと待ってるのに。

そこへ、みのりがやってくる。

みのり　のぶ枝先生、遅くなってすいませんでした。

のぶ枝　あら、もう帰ってきたの？　あおいさんは？
みのり　心配するほどの怪我じゃありませんでした。慌てて駆けつけて、損しちゃいました。それ、何ですか？
のぶ枝　物置を整理してて、見つけたのよ。ほら、かわいいでしょう？
みのり　（覗き込んで）へえー、雪ダルマか。
のぶ枝　そう見えるでしょう？　でも、私なの。
文太　のぶ枝先生、そろそろ片付けに戻らないと。
みのり　（のぶ枝に）それ、燃やしちゃうんですか？
のぶ枝　まさか。私の嫁入り道具にするわ。当分、予定はないけど。

そこへ、将太がやってくる。

将太　みのり先生、あおいの怪我はどうだった？
みのり　それが、全然大したことなかったんですよ。頭をちょっと切っただけで。
将太　頭を？
みのり　中身は無事ですから、心配しないで。一応、鞍馬さんと紅子さんに、家まで送ってもらうことにしました。
将太　そうか。それなら、安心だな。
のぶ枝　園長先生、懐かしいものがありますよ。（と画用紙の束を差し出す）

みのり　（将太に）のぶ枝先生の嫁入り道具だそうです。
将太　へえ、見せてください。（と覗き込んで）これは鏡餅かな。
のぶ枝　いいえ、私です。どうせ私は丸顔ですよ。すいませんね。
みのり　園長先生。この頃は、自分が園長になるって思ってました？
将太　十年前っていうと、大学生か。空手のことしか、頭になかったな。
文太　俺は、自分が跡を継ぐんだとばかり思ってた。
のぶ枝　文太君はしょっちゅうお手伝いをしてくれてたもんね。
文太　父さん、ずっと言ってたよ。園長を継ぐのは、おまえだって。
将太　親父が死んだ時、おまえはいくつだった。高校生に何ができたって言うんだ。
文太　俺が園長になってたら、大原幼稚園は潰れなかったかもしれない。
将太　何だと？
のぶ枝　ストップ！　兄弟喧嘩なら、外でやってください。

そこへ、あおい・光男がやってくる。

あおい　将太。
のぶ枝　あおいさん、どうしたの？。
将太　おまえ、出歩いたりして平気なのか？
あおい　私は将太に聞きたいことがあって来たの。

将太　ここを手放すことか。
あおい　そうよ。私、言ったよね？　「答えを出すのは待って」って。
将太　そんな余裕はなくなったんだ。
あおい　どうして？　私にもちゃんと説明してよ。
みのり　説明してどうなるのよ。園長先生はもう決めたのよ。
あおい　わかってるわよ。でも、理由ぐらい、教えてくれてもいいじゃない。
光男　そう興奮するなよ。傷口が開いたら、どうするんだ。
あおい　余計なお世話よ。
みのり　光男さん、お姉ちゃんを連れて、帰ってください。
光男　俺が言っても、聞かないよ。（将太に）よかったら、話してくれませんか。
将太　あれから、新しい園児が一人も来なかったんです。入園が決まっていた園児も、何人か断ってきた。残ったのは、たったの四人。それなのに、今月の支払いは五百万。四人の入学金で、払える金額じゃない。
あおい　借金って、全部でいくらぐらいあるの？
将太　そんなこと、言っても仕方ないだろう。
光男　この建物と土地を売れば、払える金額なんですか？
将太　足りない分は、一生かけて返していくつもりです。
光男　それしか方法がないんですか？　規模を小さくするとかして、切り抜けることはできないんですか？

将太　これ以上、どうやって小さくするんです。たったの四人しか入ってこない幼稚園が、どうやって続けていくんです。大原幼稚園は、もう必要ないんだ。

文太　今いる園児はどうするんだよ。

将太　またその話か。事情を話して、よそへ移ってもらうしかないだろう。

文太　一人でも園児がいるうちは、必要とされてるんじゃないのかよ。

将太　そう思って、この一年間、頑張ってきた。でも、もう限界なんだ。

文太　のぶ枝先生はどうなるんだよ。十年以上も働いてくれたのに、クビにするのかよ。

将太　偉そうに口出しするな！　向こうへ行ってろ。

文太が去る。

のぶ枝　園長先生。文太君だって、大原幼稚園の一員なんですよ。

将太　あいつは何もわかってないんです。

あおい　そうかな。私は、文太君の言う通りだと思うけど。

将太　悪いけど、あおいも帰ってくれないか。

あおい　どうしてよ。

将太　何度も言っただろう？　これは、俺一人の問題だからだ。

光男　その言い方は傲慢だな。この幼稚園は、あなただけのものじゃない。清水さんにとっても、大切な場所なんだ。

みのり　そんなの、昔の話じゃない。園長先生がどんなに苦労してきたか、お姉ちゃんは知ってるの？

光男　知ってるよ。知ってるからこそ、諦めるなって言ってるんだ。

あおい　やめてよ。私の気持ちなんか、何もわからないくせに。

光男　俺の言ったこと、間違ってるか？

あおい　大間違いよ。だから、私の気持ちを勝手にしゃべるのはやめてよ。

光男　俺は、君が見たものを一緒に見てる。一緒に感じてる。だから、君の気持ちがよくわかるんだ。

あおい　あんたに何がわかるのよ。どうして嘘ばっかり書くのよ。

将太　二人とも、何を言ってるんだ？

あおい　将太は本当にこれでいいの？　一人でも園児がいるうちは、諦めたくないんじゃないの？

みのり　お姉ちゃんに、そんなこと言う権利はない。

のぶ枝　みのり先生、私たちは片付けに戻りましょう。

みのり　（あおいに）お姉ちゃんは今まで、何をしてきたのよ。忙しいのを理由にして、園長先生に会おうともしなかったでしょう？　それなのに、どうして今頃になって、口出ししてくるのよ。

あおい　会わなくても、気にはしてたのよ。ずっと。

みのり　だったら、どうして私に聞かなかったのよ。「幼稚園は大丈夫？」って。私がここに来てから、一度でも聞いたことある？

光男　君に聞けるわけないだろう。
みのり　どういう意味よ。
あおい　何でもないわ。（光男に）あんたは黙ってて。
みのり　（あおいに）私は、ずっと園長先生を見てた。寝ないで仕事をしてたのも、園児が熱を出して病院まで走って連れていったのも、全部見てた。その園長先生が、もうダメだって言ってるのよ。私には、諦めるななんて言えない。ずっとそばにいた私が言えないのに、どうしてお姉ちゃんに言えるのよ。
将太　みのり先生。もういいんだ。
のぶ枝　お姉ちゃんは関係ないの。そうしたのは、お姉ちゃんなんだから。
みのり　みのり先生、もうやめて。
あおい　わかった。将太、邪魔してごめん。

あおいが去る。

将太　あおい！
みのり　園長先生、早く片付けに戻らないと。
のぶ枝　さあ、行きましょう。

みのり・のぶ枝が去る。

97　アローン・アゲイン

光男　今度、彼女のエッセイが週刊誌に載るんです。
将太　知ってます。
光男　これ、一回目の原稿です。読んでください。お願いします。

光男がワープロ用紙を差し出す。将太が受け取る。光男が去る。反対側へ、将太が去る。

15

葉子

葉子がやってくる。原稿用紙の束を広げて、読み始める。

五年の間に、彼と会う回数は少しずつ減っていった。最初は、無理にでも時間を作った。会えない時は、必ず電話をした。彼の声を聞くだけで、疲れがどこかへ消えた。私にとっては、それで充分幸せだった。あまりに仕事が続いて、電話さえできない日もあった。だけど、彼の顔を思い浮かべると勇気が湧いた。気がつくと、私よりも、彼の仕事の方が忙しくなっていた。電話をかけようとして、そのまま受話器を置く回数が増えた。そして、時間だけが過ぎていった。私の知らないところで、彼は苦しみ、悩み抜いて、とうとう結論を出したのだ。どうにもならないことはわかっていた。私に何も言う権利がないこともわかっていた。でも、私は彼自身の口から聞きたかったのだ。「あおい、ダメだったよ」と。

三月二十三日、朝。鳥羽プロダクション。
鳥羽専務・咲子がやってくる。

咲子　ううっ。（と口を押さえる）

鳥羽専務　伏見さん、どうしたんですか？　気分でも悪くなったんですか？

咲子　違いますよ。もう少しで泣きそうになったんです。

葉子　伏見さんが？

咲子　悔しいけど、完全にやられました。全盛期のジャンアント馬場の脳天唐竹割りって感じです。

鳥羽専務　いいなあ、伏見さんは表現が豊かで。

咲子　同じ女性として、この気持ち、よくわかるんです。あの人、最近、忙しいみたい。でも、声だけでも聞きたいわ。でも、迷惑かしら。いいや、かけちゃえ。私ならそうしますね。

葉子　あおいは意地っぱりですから。

鳥羽専務　そう言えば、あおいはどうした。病院か？

葉子　いいえ、撮影所へ顔を出しに行きました。原稿もお渡ししたことですし、私もそろそろ後を追いかけないと。

そこへ、あおいがやってくる。

あおい　おはようございます。

鳥羽専務　はい、おはよう。ちょうど今、おまえの話をしてたんだよ。

咲子　清水さん。今回の原稿もすばらしかったです。この伏見咲子を泣かせるとは、お主なかなかやるなって感じですね。
あおい　ありがとうございます。
鳥羽専務　どうした、元気がないな。まさか、また役を降ろされたとか言うんじゃないだろうな？
葉子　まさか。
あおい　そのまさかです。監督が、もう来なくていいって。
葉子　何ですって？
あおい　怪我が治るのを待ってる暇はないんだそうです。スタジオへ行ったら、もう違う人でテストが始まってました。
鳥羽専務　八坂、おまえは何をしてたんだ。
葉子　昨日、病院から電話しました。「大した怪我じゃなかったから、すぐに復帰できます」って。
鳥羽専務　なぜあおい本人に行かせなかったんだ。
葉子　それは。
鳥羽専務　とにかく、あおいを連れて、もう一度撮影所へ行け。いや、俺も行く。
あおい　行っても無駄です。
鳥羽専務　どうして。
あおい　専務に伝えるように言われました。「他の四人は、そのまま使いますから、ご心配なく」って。

鳥羽専務　篠原の野郎、人の弱みにつけこみやがって。
葉子　いくら偉い監督だからって、勝手すぎますよ。あおいちゃんのシーンだけ後で撮れば、済むことじゃないですか。
鳥羽専務　もともと、篠原は別の女優が使いたかったんだ。あおいが怪我をして、むしろ喜んだんだろう。これで降ろす理由ができたって。
葉子　そんなの、ひどい。
鳥羽専務　もういい。あおい、今日は家に帰って寝て起きて、次の原稿を書け。
咲子　（あおいに）無理しなくていいですよ。今日はゆっくり休んでください。
鳥羽専務　でも、連載は来週から始まるんでしょう？
咲子　原稿はもう二回分ありますから。次の分は、来週の頭で結構です。
鳥羽専務　（あおいに）じゃ、今日は家に帰って寝て起きるな。
あおい　専務にお願いがあるんです。
鳥羽専務　わかってるよ。篠原には、俺が復讐しておいてやる。無言電話でもかけて。
あおい　そうじゃなくて、お金を貸してほしいんです。
鳥羽専務　給料の前借りか？　おまえがそんなこと言うなんて、珍しいな。わかった、ヤケ食いするんだな？　ステーキぐらいなら、俺が奢ってやるぞ。
あおい　そうじゃなくて、一億円、貸してほしいんです。
咲子　一億円？
あおい　（鳥羽専務に）ダメでしょうか？

葉子　どうしたのよ、あおいちゃん。
鳥羽専務　（あおいに）何かあったのか？　ヤバいところから金でも借りたのか？
あおい　違います。でも、どうしても今すぐに必要なんです。
葉子　あおいちゃん、もしかして――
あおい　（鳥羽専務に）一生懸命、仕事をしますから。
鳥羽専務　おまえ、自分が何様だと思ってるんだ？　デビュー当時ならともかく、今のおまえがどうやって一億も稼ぐんだ。
あおい　本を書きます。ベストセラーになるような本を。
咲子　いくらベストセラーになっても、一億は無理ですよ。
あおい　一冊で無理なら、十冊でも二十冊でも書きます。
咲子　簡単に仰いますけど、本を十冊書くのに、何年かかると思ってるんですか？
鳥羽専務　（あおいに）ちょっと賞を取ったぐらいでいい気になるなよ。おまえの本がずっと売れ続けるって保証は、どこにもないんだぞ。
あおい　お願いします。
鳥羽専務　おい、いい加減にしろよ。
葉子　専務。少し冷静になって、あおいちゃんの話を聞きましょうよ。
あおい　お願いします、専務。
鳥羽専務　ふざけるな！　二回も役を降ろされたヤツに、そんな大金が貸せると思ってるのか！
あおい　わかりました。

あおいが走り去る。

葉子　専務には、思いやりってものがないんですか？

葉子が走り去る。

鳥羽専務　いや、お恥ずかしいところをお見せしました。気分直しに、甘い物でも食べに行きませんか。この近くに、うまいアップルパイを出す店があるんですよ。

咲子　その前に、専務にお聞きしたいことがあるんです。清水さんのことで。

鳥羽専務・咲子が去る。

16

三月二十三日、夕。喫茶店。
光男がやってくる。

光男 こんにちは。鞍馬さん、紅子さん。誰もいないんですか？

そこへ、鞍馬・紅子がやってくる。

紅子 いらっしゃいませ。
光男 不用心だな、店を空っぽにして。またイチャイチャしてたんですか？
鞍馬 新しいメニューの試作をしてたんですよ。
紅子 光男さんも食べてみる？ 和風グラタン。マカロニじゃなくて、竹輪なの。
光男 結構です。僕は、鞍馬さんに聞きたいことがあって来たんです。例の花について。
紅子 わかった。自分の花がどんな花か、聞きに来たのね？
鞍馬 （光男に）教えてあげましょう。ひまわりですよ。

光男　そうじゃなくて。僕が聞きたいのは、清水さんの花です。
紅子　言ったでしょう？　あおいの花はフリージアよ。
光男　（鞍馬に）元気でしたか、フリージアは。萎れてはいませんでしたか？
鞍馬　どうしてそんなことを聞くんですか？
光男　今朝、清水さんと一緒に撮影所へ行ったんです。そしたら、彼女は役を降ろされてたんです。

紅子　怪我のせいで？　信じられない。
鞍馬　急いで将太に知らせなくちゃ。
光男　それはやめた方がいい。彼女は、将太さんとは会いたくないはずだ。
紅子　どうしてよ。
光男　昨日、幼稚園で喧嘩したんです。清水さんは役に立ちたくて行ったのに、うまく話ができなくて。

紅子　あおいって、不器用なのよね。
光男　彼女は、大切にしていたものをいっぺんに二つも失おうとしている。女優としての未来と、将太さんです。彼女の花が萎れてるんじゃないかって疑うのも当然でしょう？

紅子　まさか、あおいが自殺するって言うの？
鞍馬　（光男に）でも、作家としては順調じゃないですか。
光男　それは、彼女が本当にやりたかったことじゃない。書きたくもないものを書かされて、隠してた気持ちを無理やり引っ張り出されて。あんなこと、やるべきじゃなかったんだ。

紅子　だからって、自殺まではしないでしょう。
光男　(鞍馬に) だったら、はっきり言ってくださいよ。フリージアは元気だって。
鞍馬　……。
光男　言えないいんですか?
紅子　コーちゃんを責めないでよ。この人、嘘がつけないいんだから。
光男　紅子さんは、清水さんが死んでもいいいんですか?
紅子　いいわけないじゃない。でも、運命は誰にも変えられない。誰かの花が萎れていても、いつも通りにしているしかないの。コーちゃんだって、ずっとそうしてきたんだから。お父さんの時も、お母さんの時も。

光男　鞍馬さんのご両親て、二人とも亡くなったんですか?
紅子　お父さんは、コーちゃんが幼稚園の時。お母さんは、高校生の時。
光男　(鞍馬に) その時も、黙ってたんですか?
鞍馬　父の時はまだ子供だったから、母に言っちゃったんです。「お花が萎れてるよ。お水をあげて」って。でも、母は笑って相手にしませんでした。最後の花びらが落ちた日、父は交通事故に遭いました。葬式が終わると、母が言いました。「これからは、誰かのお花が萎れてても、『言っちゃダメよ』って。僕に見える花がどんな意味を持つのか、その時、初めて知ったんです。

紅子　だから、お母さんの時は黙ってたのよね。
鞍馬　こういう性格だから、バレちゃってたかもしれないけど。

光男　お母さんも、事故だったんですか？
鞍馬　母は病気です。ずっとそばにいたかったんだけど、学校を休んだりしたら、母が変に思うでしょう？　だから、最後の花びらが落ちた日も、いつも通りに家を出たんです。学校に電話がかかってきたのは、昼休みでした。
紅子　（光男に）コーちゃんが言いたくないわけ、わかった？
光男　じゃ、あなたは、黙って見てろって言うんですか？
紅子　そうするしかないのよ。運命なんだから。
光男　事故や病気じゃない。自殺なんだ。人が自殺するのを黙って見てろなんて、そんなバカな話があるか。
鞍馬　実は、前に一度だけ、花が蘇ったことがあるんです。
光男　本当ですか？
紅子　（鞍馬に）そんな話、初めて聞いたわ。誰の花よ。
鞍馬　紅ちゃんの花。
紅子　私の？
光男　あなた、死のうと思ったことがあるんですか？
紅子　あるわ。養成所を卒業した後、何をやってもうまくいかなくて。
光男　鞍馬さんには、それがわかったんですね？
鞍馬　わかっても、僕には何もできない。紅ちゃんの花が萎れていくのを、黙って見ているしかないんです。だったら、せめてそばにいよう。最後の花びらが落ちるまで、紅ちゃんと一

光男　緒に過ごそうって思ったんです。
鞍馬　だから、結婚したんですか？
紅子　紅ちゃんはあんまり乗り気じゃなかったけど、強引に押し切って。
鞍馬　（光男に）この人、「死ぬまで君と一緒にいたい」って言ったんです。
光男　そしたら。
鞍馬　花が蘇ったんですか？
光男　いつの間にか。今はすっかり元気です。
鞍馬　だったら、清水さんだって、まだ望みがあるじゃないですか。
紅ちゃんの場合は、奇跡のようなものだったんです。他の人の花は、一度萎れ始めると、
僕が何をしても元には戻らなかった。
光男　でも、清水さんはあなたの友達でしょう？
鞍馬　いい加減にしてください。僕は何も言ってないんだ。あおいちゃんの花が萎れてるなんて、
一言も。

そこへ、葉子がやってくる。

葉子　光男。どうしてあんたがここにいるのよ。
光男　姉さんこそ、どうしたんだよ。
葉子　（紅子に）あおいちゃんは来てない？

紅子　ええ。何かあったんですか？
葉子　いなくなっちゃったのよ。朝、事務所を飛び出したきり。携帯にかけても、出ないの。
光男　事務所で何かあったのか？
葉子　お金を貸してくれって頼みに来たの。一億円も。もちろん、専務は断ったけど。
紅子　将太のためね？
葉子　たぶんね。あおいちゃんが行きそうな所は全部探したけど、どこにもいないのよ。
光男　（鞍馬に）これでもまだシラを切るつもりですか？
葉子　何の話？
光男　清水さんのフリージアは萎れているんだ。彼女は死ぬつもりなんだ。
葉子　（鞍馬に）本当なの？
鞍馬　（光男に）幼稚園へ行ってください。
光男　どうしてですか？
鞍馬　僕には、それしか言えない。とにかく、今すぐ幼稚園へ行ってください。
光男　姉さん、行こう！

光男・葉子が走り去る。

紅子　コーちゃん、私たちも行こう。
鞍馬　行っても無駄だよ。僕たちにできることは、何もないいんだ。

鞍馬・紅子が去る。

17

三月二十三日、夕。大原幼稚園。
あおい・のぶ枝がやってくる。

あおい　お仕事中に、すいません。将太、忙しいんでしょう?
のぶ枝　いいのよ。園長先生だって、本当はあなたに会いたいと思ってるんだから。
あおい　それはないと思います。昨日だって、喧嘩みたいになっちゃったし。私のこと、怒ってるんじゃないかな。
のぶ枝　まさか。あなたの気持ちは、園長先生が一番よくわかってるわよ。
あおい　幼稚園、やっぱり売ることになったんですか?
のぶ枝　ええ。昨日来た建設会社の人が、テナントビルを建てるんだって。
あおい　じゃ、この建物は壊されちゃうんですか?
のぶ枝　そうみたい。今月いっぱいで、明け渡すことになったの。
あおい　のぶ枝先生は、これからどうするんですか?
のぶ枝　そうだな。貯金を下ろして、ギアナ高地にでも行こうかな。私、子供の頃から、冒険家になるのが夢だったんだ。さてと、ここで待っててね。

のぶ枝が去る。あおいが周囲を見回す。そこへ、みのりがやってくる。

みのり　何しに来たの？
あおい　将太に用事があって。
みのり　今さら、何を言っても無駄よ。ここはもう売れちゃったんだから。
あおい　のぶ枝先生に聞いた。
みのり　そう。私、これから忙しくなるんだ。だから、当分、部屋には帰らない。
あおい　ここに泊まるの？
みのり　いけない？
あおい　いけなくはないけど。
みのり　園長先生に何の用事？
あおい　渡したい物があるのよ。
みのり　私が渡すよ。何？（と手を出す）
あおい　直接渡したいんだ。渡したら、すぐに帰るから。
みのり　園長先生は、お姉ちゃんに会いたくないんじゃないかな。
あおい　わかってる。でも、これだけは受け取ってほしいのよ。
みのり　だから、何を。

そこへ、将太・のぶ枝がやってくる。

将太　よう。
あおい　ごめんね、忙しいのに。
みのり　わかってるなら、さっさと帰れば？
のぶ枝　みのり先生、そういう言い方はないでしょう？
将太　（あおいに）昨日は悪かったたな。ちゃんと話をしなくて。
あおい　この建物、壊しちゃうんだって？
将太　ああ。次の持ち主は、幼稚園に興味がないんだ。
あおい　今いる園児たちは？
みのり　幼稚園のことに口出ししないでよ。何回言ったらわかるの？
将太　（あおいに）他の幼稚園に事情を話して、引き取ってもらうことになった。父兄もわかってくれたよ。
のぶ枝　皆さん、とっても淋しがってましたけどね。
あおい　将太はこれからどうするの？
将太　とりあえず、職を探さないとな。心当たりはいくつかあるんだ。親父の知り合いがやってる、運送会社とか。
あおい　そう。

将太　とにかく、一から仕切り直しだ。借金も、頑張れば返せない額じゃないし。だから、あおいも安心してくれ。

そこへ、文太がやってくる。後から、葉子・光男がやってくる。

文太　兄さん、またお客さんだよ。
葉子　あおいちゃん！
あおい　どうしたの、二人揃って。
光男　あなたをずっと探してたのよ。どうして電話に出なかったの？
あおい　（あおいに）ここへ何しに来たんだ。
みのり　将太に会いによ。どうしても渡したいものがあったから。
あおい　だったら、さっさと渡して帰りなさいよ。
将太　（封筒を差し出して）将太。これを受け取って。
あおい　金か？
将太　小説の印税。これからの生活の足しにしてよ。返すのはいつでもいいから。
あおい　気持ちだけもらっておくよ。
将太　そう言わずに、受け取ってよ。これは、私が持ってちゃいけないお金なんだ。だから、将太も気にしないで。
　　　どういう意味だ？

あおい　あの小説は、私が書いたんじゃないの。そこにいる、光男さんが書いたのよ。
光男　（将太に）嘘ですよ。どうして俺がそんなこと。
あおい　（将太に）今まで隠してて、ごめん。でも、このお金は私の分だから、好きに使っていいの。だから、将太にもらってほしいのよ。
みのり　お姉ちゃん、みっともないよ。
のぶ枝　みのり先生。
みのり　園長先生にもらってほしいなんて、お姉ちゃんのワガママじゃない。自分で使うのがイヤなら、ゴミ箱にでも捨てればいいでしょう？
のぶ枝　あおいさんは、園長先生の役に立ちたいだけなのよ。
みのり　違う。お姉ちゃんは自分が満足したいだけ。
のぶ枝　どうしてそんなふうに考えるの？　好きな人のために何かしたいって思うのは、当然のことじゃない。みのり先生にもわかるはずよ。
みのり　偉そうなこと言わないでよ。私は今、お姉ちゃんと話してるの。他人が横から口出ししないで。
文太　いい加減にしろよ！
将太　文太。おまえは黙ってろ。
文太　（みのりに）偉そうなこと言ってるのは、あんたじゃないか。のぶ枝先生の気持ちも知らないで。火事を起こしたのは、誰だと思ってるんだよ。
将太　何だと？

のぶ枝　文太君、何言ってるの？
文太　あの時、俺とのぶ枝先生は外にいたんだ。火が出たのを、外から見たんだ。
将太　（のぶ枝に）どういうことですか。
のぶ枝　私には、何のことだか。
将太　隠さないで、教えてください。火事が起きた時、のぶ枝先生はどこにいたんですか？
のぶ枝　送迎バスの車庫です。文太君がバスを磨いてるのが見えたんで、夜食を買いに行ってもらおうと思って。
みのり　本当ですか？
のぶ枝　嘘をついてごめんなさい。でも、私も悪かったのよ。みのり先生を一人にして、外へ出たんだから。
みのり　それじゃ、窓を閉めるって言ったのは、のぶ枝先生じゃなかったんですね？
将太　みのり先生は覚えてないんだね？
みのり　（のぶ枝に）私が閉めるって言ったんですね？　火事が起きたのは、私のせいなんですね？
のぶ枝　そうじゃない。あの時、私が外に出なければよかったのよ。
みのり　私のせいで、園長先生は決心したんですね？　幼稚園を売るって。
将太　それは違う。火事が起きなくても、いつかは売ることになってたんだ。
のぶ枝　ごめんね、みのり先生。
みのり　やめてよ！

みのりが走り去る。

将太　みのり先生！

あおい　待ちなさい、みのり！

みのりの後を追って、あおい・将太・のぶ枝・文太が走り去る。

葉子　光男。もしかして、花が萎れてたのは。

光男　みのりさんだったのか！

あおいたちの後を追って、光男・葉子が走り去る。

18

三月二十三日、夜。大原幼稚園の遊戯室。
みのりが走ってくる。後を追って、あおい・将太・のぶ枝・文太・光男・葉子も走ってくる。

みのり こっちへ来ないで！（とカッターを振り上げる）
将太 やめるんだ、みのり先生！（と一歩踏み出す）
みのり 来ないで！（とカッターを首にあてる）
あおい みのり！
みのり みんな、出ていって。私を一人にして。
葉子 みのりちゃん、そんな危ない物、振り回さないで。
光男 （みのりに）怪我でもしたら、どうするんだ。
みのり いいから、あっちへ行ってよ！
将太 君は何も悪くない。だから、気にしなくていいんだ。
みのり どうしてよ。火事を起こしたのは、私なのよ。
のぶ枝 自分だけを責めちゃダメ。責任は、私にもあるんだから。

将太　（みのりに）もう一度、落ち着いて話をしよう。だから、カッターを捨てて。（と一歩踏み出す）

みのり　来ないでって言ってるのよ！　来たら、私は。

あおい　みのり！

光男　（みのりに）わかった。俺たちは外へ出る。だから、カッターを下ろすんだ。

葉子　みんな、出ましょう。

のぶ枝　みのり先生を放っておくんですか？

光男　このままの方が、かえって危ない。外へ出て、どうするか、考えよう。

葉子・のぶ枝・文太が去る。

光男　（あおいに）君も出るんだ。

あおい　私は残る。みのりと話をする。

光男　無茶だ。これ以上、刺激したら、危険だ。

あおい　みのりは、私の妹よ。責任は私が取る。

将太　よし、俺も残ろう。光男さん。後は俺たちに任せてください。

光男が去る。

みのり　あんたたちも出ていってよ。
あおい　みのり、落ち着いて。
将太　（みのりに）俺は何もしない。君と話がしたいんだ。
みのり　話すことなんて、何もない。
将太　どうしていやがるんだ。俺は何もしないって言ってるのに。（と一歩踏み出す）
みのり　来ないで！（とカッターを首にあてる）
あおい　やめなさい、みのり！
みのり　私に命令しないでよ。私がどうなろうと、お姉ちゃんには関係ないでしょう？
あおい　関係あるわよ。あんたが死んだら、私はどうすればいいの？
みのり　好きにすればいいじゃない。お姉ちゃんは、自分のことしか考えてない。自分のやりたいことをやって、生きてきた。
あおい　あんたの目から見たら、そうだったかもしれない。でも、私だって、いろんなことを諦めてきたのよ。
みのり　でも、お姉ちゃんは女優になった。自分の力で、夢をかなえたじゃない。私とは大違いよ。私には何もできなかった。お姉ちゃんには簡単にできることが、いくら頑張ってもできなかった。
あおい　そんなことない。私だって、必死だったのよ。
みのり　園長先生のことはどうなのよ。
あおい　将太のこと？

みのり　お姉ちゃんは、ずっと知らん顔をしてきた。女優の仕事に夢中になって、幼稚園のことなんか、気にも止めてなかった。
将太　俺たちが会わなくなったのは、お互いに忙しかったせいだ。あおいだけが悪いんじゃない。
みのり　そうやって、すぐにお姉ちゃんの肩を持つ。悪いのは、お姉ちゃんなのに。
将太　そうじゃない。俺も悪かったんだ。
みのり　お姉ちゃんは、将太さんのことなんか、どうでもいいのよ。それなのに、将太さんはお姉ちゃんを忘れない。私はずっとそばにいるのに、私の方なんか見ようともしない。
あおい　あんたの気持ちはわかってた。でも――
みのり　わかるわけない！　努力しなくても好かれてきたお姉ちゃんに、私の気持ちはわからない。
あおい　じゃ、私はどうすればよかったのよ。
みのり　このまま、将太さんを忘れてほしかったのよ。そうすれば、私の方を見てもらえたかもしれないのに。どうしていつまでも将太さんを縛るのよ。どうして私の気持ちを、ズタズタにするのよ！
あおい　わかった。将太とは、もう二度と会わない。約束する。
将太　あおい。
あおい　前からずっと迷ってた。でも、私たちはもう元には戻れない。将太だって、そう思うでしょう？
みのり　嘘をついても騙されないわよ。
あおい　私は、自分の気持ちを正直に言ったの。

みのり　嘘よ！（とカッターを首にあてる）
将太　待ってくれ。俺も本当のことを言うから。
みのり　本当のこと？
将太　あおいがそうしたいなら、俺は構わない。死ぬまで会わないって約束する。でも、俺の気持ちは変わらない。あおいのことは、絶対に忘れない。
みのり　どうしてよ。お姉ちゃんは、将太さんを忘れてたのに。
あおい　忘れてない。卒業公演から今日まで、将太のことを考えない日は一日もなかった。
みのり　また嘘をつくの？
あおい　嘘じゃない。私の気持ちは変わってないの。卒業公演から。
みのり　よくそんなことが言えるね。電話もしなかったくせに。私に何も聞かなかったくせに。
あおい　いいわ。どうしても信じられないなら、証拠を見せてあげる。
将太　おい、何をする気だ？
あおい　「クリスチャン、あなたなの？」
将太　シラノか。
あおい　「答えて、クリスチャン。そこにいるのは、あなたなの？」
将太　バルコニーの場面だな。待てよ。俺の科白は確か——
あおい　「ねえ、クリスチャン」
将太　「ロクサーヌ。私はここにおります」
あおい　「その声はシラノ様？」

将太　「違います。私はあなたの僕、あなたに永久の愛を誓った男」
あおい　「クリスチャン。やはり、あなたでしたのね？　私、今すぐそこへ降りてまいりますわ」
将太　「いけません！」
あおい　「では、そのベンチにお昇りくださいませ。早く」
将太　「それもいけません！」
あおい　「なぜいけないのでございます」
将太　「もうしばらく、このままで。顔と顔を見交わさず、静かにお話を」
あおい　「闇に向かって話せと仰るの？　それでは、私の思いはあなたに届かず、夜空を朝までさまようことでしょう」
将太　「それがかえってよいのです。互いの姿を求めてさまようち、いつしか心に真実の姿が浮かんできます。こうしていても、私の目には、あなたの着けた夏の衣が、白く輝いて見えるのです。あなたは実に光です」
あおい　「私が光？　クリスチャン。せめて明るい所へ。あなたのお顔をお見せになって」
将太　「それは……」
それは絶対にいけません。
あおい　「それは絶対にいけません。今の私たちには……」ダメだ。思い出せない。
将太　今の私たちには、この闇の隔たりが、ぜひとも必要なのです。闇のおかげで、私はまるで。
あおい　「私はまるで、あなたと初めてお話をするような気にさえなるのです」
将太　「そう言えば、お声までもがいつもと違って聞こえますわ」

将太　「夜の暗さに守られれば、誰はばかることなく、本音が出せるもの。昨日までの私は、己の心を機知の衣で隠し続けてきたのです。他人に笑われるのが辛くて」

あおい　「なぜ笑われなければならないのです」

将太　「私は醜い男です」

みのり　もういいよ。

あおい　「あなたのどこが？」

将太　「ああ、わが愛しのロクサーヌ。私の胸は休む暇もなくときめいて、あらゆる思いが湧いてくるのです」

みのり　もういいってば。

あおい　止めないでよ。まだ途中なんだから。

将太　あおい。

あおい　みのりは、たった一人の妹なの。みのりより大切なものは、この世にはないの。だから絶対に死なせない。

みのりの手からカッターが落ちる。将太が拾う。あおいがみのりに近づく。

あおい　わかった？

みのり　（うなずく）

あおいがみのりを抱き締める。そこへ、光男・葉子・のぶ枝・文太がやってくる。後を追って、鞍馬・紅子もやってくる。

紅子 あおい、大丈夫？
光男 鞍馬さん、来てくれたんですね？
鞍馬 （みのりを見て）アネモネが。
光男 え？
鞍馬 アネモネが、また空に向かって開き始めた。

全員が去る。

19

三月二十四日、朝。鳥羽プロダクション。
鳥羽専務・咲子がやってくる。鳥羽専務は、ワープロ用紙の束を持っている。

鳥羽専務 つまり、あなたはこう言いたいわけですか。このエッセイを書いたのは、あおいじゃなくて、八坂の弟だと。
咲子 エッセイだけじゃなくて、小説もです。
鳥羽専務 信じられないな。確かに、あおいが怪我をした時、八坂の弟は撮影所にいた。でも、それはただの偶然でしょう。
咲子 じゃ、これも偶然ですかね。（とバッグから雑誌を取り出す）
鳥羽専務 何ですか、それは。
咲子 ウチの会社の人間に、片っ端から聞いたんです。八坂光男って名前の作家を知らないかって。そしたら、作家じゃないけど、フリーライターだったら、同じ名前のヤツを知ってるって人がいたんです。その人に頼んで、探し出してもらったのが、この記事です。（と雑誌を開く）

鳥羽専務　（覗き込んで）「私はこれで二十キロ痩せた」。これを書いたのが、八坂の弟だって言うんですか？

咲子　エッセイと読み比べてもらえば、一目瞭然です。言葉遣い、比喩表現、レベルの低いギャグ。どれを取っても、エッセイにそっくり。ただし、感動はできませんけど。

鳥羽専務　八坂のヤツ、いい度胸じゃないか。俺がゴーストが大嫌いだってことは、よくわかってるくせに。

咲子　専務はどうしてゴーストが嫌いなんですか？

鳥羽専務　昔、とても悲しい思いをしたんです。あれは、僕が小学六年の時――

そこへ、あおい・光男・葉子がやってくる。

あおい　おはようございます。

鳥羽専務　はい、おはよう。八坂。言っておくけど、俺は機嫌が悪いぞ。

葉子　顔を見ればわかります。

咲子　（光男を示して）そちらの方は？

葉子　弟です、私の。

鳥羽専務　飛んで火にいる夏の虫とは、このことだな。しかし、なぜわざわざ自分からやってきたんだ。

あおい　実は、専務にお話があるんです。

鳥羽専務　言わなくてもわかってるぞ。小説とエッセイを書いたのは、おまえじゃなくて、その男だって言うんだろう。

あおい　そうです。

鳥羽専務　なぜあっさり認める。一つ一つ証拠を突きつけて、ネチネチ絞り上げようと思ってたのに。

あおい　専務に聞いてもらいたかったのは、その話なんです。

葉子　(鳥羽専務に)でも、どうしてわかったんですか?

咲子　私が、ほんの少し頭を使っただけです。

あおい　(鳥羽専務に)すいませんでした。専務を騙すような真似をして。

鳥羽専務　俺にはよくわかってる。ゴーストを使おうなんて下衆なことを言い出したのは、あおいじゃない。おまえだな、八坂。

葉子　そうです。申し訳ありませんでした。

鳥羽専務　謝って済むと思うなよ。この責任は、どう取るつもりだ?

葉子　小説の方はもう出版されてるから、責任の取りようがありません。でも、エッセイの方は、まだ間に合います。

あおい　伏見さん、エッセイのお話は、なかったことにしていただけませんか?

咲子　今から、他の人を探せって言うんですか?

あおい　ご迷惑をかけて、すいません。でも、これ以上、嘘をつきたくないんです。

光男　(咲子に)僕は、別に構わないんじゃないかって言ったんですけど。

あおい　あなたは黙っててよ。

光男　（鳥羽専務に）エッセイが売れれば、また映画の話が来るかもしれない。女優としてもチャンスじゃないですか。
鳥羽専務　芸能界をなめるな。そんなにうまく行くわけないだろう。
光男　それは、エッセイの出来次第ですよ。ダメなら、また次のを書けばいい。俺は、清水さんが主役をやれるまで書くつもりです。
鳥羽専務　主役か。確かに、あおいが作家をやめたら、一生やれないかもしれないな。
あおい　そんなの、わかりませんよ。私、一からやり直しますから。
鳥羽専務　あおいは黙ってろ。どうですか、伏見さん。
咲子　私に嘘をつけと仰るんですか？
鳥羽専務　そうじゃなくて、あなたは何も知らなかったということで。
咲子　お断りします。私にだって、編集者としてのプライドがあります。それに、もしバレたらどうするんですか。ウチの会社のモラルが疑われるんですよ。
鳥羽専務　そう簡単にバレやしませんて。
咲子　現に、私にはバレたじゃないですか。そんなことより、私は八坂さんにお願いがあるんです。
葉子　私に？
咲子　あなたじゃなくて、弟さんに。（光男に）私と一緒にお仕事をしませんか？
葉子　は？
咲子　（光男に）私は、このエッセイを書いた人の才能に惚れたんです。それが、清水さんじゃ

光男　なくてあなたなら、私はあなたと仕事がしたいんです。
俺には、才能なんかありませんよ。賞を取った後に書いた小説は、認めてもらえなかったんだから。
咲子　荒波の人に読んでもらったヤツですか？
光男　一番大切なものが欠けているって言われました。それがどういう意味なのか、今の俺にはよくわかる。
葉子　何だったの、欠けているものって。
光男　題材を選ぶ目だよ。あの小説の題材は清水さんだった。賞が取れたのは、たまたま題材がよかったからなんだ。
咲子　私は違うと思います。
鳥羽専務　じゃ、何なんですか。
咲子　あの小説がおもしろかったのは、作者の胸の痛みが読者にビシビシ伝わってきたからです。荒波さんが欠けているって言ったのは、その痛みじゃないですか？
光男　痛み？
咲子　あなたは、清水さんが感じていた痛みを、一緒になって感じていた。それほど深く、清水さんの心に迫っていたんです。
光男　それはさすがにほめすぎでしょう。俺にはまだ、清水さんのことが何もわかっていない。小説の仕事が始まってから、ずっとそばにいるのに、未だに本当の彼女が書けてない。
あおい　そうでもないよ。かなりいい線、行ってるんじゃない？

光男　何言ってるんだ。「こんなの、本当の私じゃない」って、怒ってたくせに。

あおい　あれは負け惜しみよ。人に隠してた気持ちを、勝手に書かれたんだもの。恥ずかしいやら、悔しいやらで、つい文句を言いたくなったの。

咲子　どうしますか、八坂さん。私と二人で、他の題材にもチャレンジしてみませんか。

光男　他の題材で、同じように書けるかどうかはわからない。

咲子　それは、あなた次第ですよ。

光男　清水さんのことだって、まだちゃんと書けてないし。

あおい　私のことは、もういいよ。これからは、ちゃんと自分で言うから。

光男　でも、俺はまだ終わりにしたくないんだ。

あおい　心配しないで。あなたに助けてもらわなくても、一人でやっていける。

光男　でも……。

葉子　光男。あんた、男でしょう？　男なら男らしく、覚悟を決めなさい。

光男　わかってるよ。伏見さん。よろしくお願いします。

咲子　よかった。振られたらどうしようって、ドキドキしちゃいました。

あおい　それじゃ、私は撮影所へ行ってきます。

鳥羽専務　何しに行くんだ。おまえの役は、もうないんだぞ。

あおい　でも、あの映画の原作は、私の小説です。あの小説の中には、私がいるんです。だから、最後まで見届けないと。

あおいが去る。入れ違いに、嵐山がやってくる。

鳥羽専務 あおいがいなくなると、必ずやってくるんだ、この人が。

嵐山 今のはもしかして、清水あおいさんではありませんか？

葉子 そうです。今から追いかければ、間に合いますよ。

嵐山 しかし、話はすべて、マネージャーさんを通すんでしたよね？

葉子 それがその、あおいは作家をやめたんですよ。たった今。

嵐山 筆を折ったんですか？　どうして？

鳥羽専務 一からやり直したいんだそうです。女優の仕事を。

嵐山 そうですか。でも、もういいんです。清水さんとはご縁がなかったものと思って、諦めることにしました。今日は、八坂さんに用があって来たんです。

葉子 私に？

嵐山 （花束を差し出して）結婚を前提にして、お付き合いしてください。

葉子 は？

咲子 （光男に）さて、八坂さん。最初の仕事は何にしましょうか。

光男 僕の書きたいものを書いていいんですか？

咲子 どうぞどうぞ。小説でもエッセイでも、好きなものを選んでください。

光男 じゃ、小説にします。今、どうしても書きたいものがあるんです。

咲子 何ですか、題材は。

光男　伝えられなかった思いです。僕は、彼女が好きだった。

全員が去る。

20

あおいがやってくる。本を開いて、読み始める。

あおい

そして、僕はこの物語を書き始めた。彼女とは、あれから一度も会ってない。が、彼女と彼女の友人たちの噂は、ウチの姉貴からしょっちゅう聞かされている。彼女は撮影所に何度も通ううちに、篠原監督と仲良しになってしまった。なかなか根性のある女優だと気に入られたらしい。撮影の最終日には、次回作に出演してみないかと誘われた。姉貴は「主役じゃないけど、結構、目立つ役なのよ」と大喜びしていた。彼女の笑顔がスクリーンで見られる日も近いだろう。将太さんは塾の教師になった。今は雇われの身だが、いずれは自分の塾を作りたいと張り切っている。鞍馬さんと紅子さんは、相変わらずイチャイチャしている。紅子さんは、何かと理由をつけては、彼女と将太さんを店に呼んでいる。つまり、二人は今でも会っているのだ。二度と会わないと言ったくせに、現金なヤツらだ。が、そのことは、みのりさんも知っているらしい。あの事件があって、逆に将太さんへの気持ちに決着がついたのだろう。今では別の幼稚園に就職して、元気に働いている。のぶ枝先生は、エジプトで知り合ったカナダ人と結婚して、今はブラジルに住んでいる。三大陸を股にかけて、忙しい人だ。ところで、ウチの姉貴と嵐山さんだが、つい先週、プロポーズされたそうだ。「どうしよう、光男」とのろけるから、「もう一度冷静になれ」と忠告しておいた。そして、僕はと言えば。

作家がやってくる。あおいが去る。

作家　また一人か。

七月二十四日、昼。ラジオ局の控室。
作家が椅子に座る。本を開いて、読み始める。そこへ、編集者・DJがやってくる。

編集者　それじゃ、そろそろスタジオへ行きましょうか。
作家　もう本番ですか。(と立ち上がる)
DJ　その前に、一つだけ質問していい?
作家　ええ、どうぞ。
DJ　結局、彼女には好きだって言ったの?
作家　言うわけないでしょう。僕らは会う度に、喧嘩ばっかりしてたんだ。
DJ　じゃ、彼女はあんたの気持ちを知らないままなの?
作家　それでよかったんですよ。今は、僕の気持ちも変わったし。

ＤＪ　何よ。もう諦めちゃったわけ？
作家　あれっきり、会ってませんから。
編集者　またまた。
作家　何ですか、またまたって。
編集者　あなた、まだ彼女のことが好きなんでしょう？
作家　そんなことないですよ。
編集者　隠しても無駄ですよ。彼女が出演してるドラマ、全部録画してるんですって？
作家　姉貴から聞いたんですね？　あのおしゃべりババア。
ＤＪ　ねえねえ、あんたの花は元気なの？
作家　元気だと思いますよ。たぶん。
ＤＪ　失恋しても、変な気を起こしちゃダメだよ。
作家　何言ってるんですか。大丈夫ですよ。
編集者　（時計を見て）おっと、もう行かないと。
ＤＪ　あと、もう一つだけ。『ファーザー・アロング』って、どういう意味だっけ？
作家　あなたが教えてくれたんじゃないですか。「もっと遠くへ」って意味ですよ。
編集者　さあ、行きましょう。

編集者・ＤＪが去る。作家も去りかけて、ふと振り返る。

139　アローン・アゲイン

作家　一人で行けるさ。もっと遠くへ。

作家の周りに、一面のひまわり畑が浮かぶ。幾千万のひまわりが、夏の空に向かって、力強く咲いている。

〈幕〉

ブラック・フラッグ・ブルーズ

BLACK FLAG BLUES

登場人物

マリナ　（ブレイン）
良介　（キャプテン）
レイ　（遭難者、実は海賊）
アリツネ　（レイの相棒）
砂記　（テスト生）
星　（テスト生）
神林　（テスト生）
ダイゴ　（刑事）
アラシ　（食い逃げ犯、実は賞金稼ぎ）
モトコ　（鑑識課員）
ジョージ　（シェフ）

1

暗闇の中に、アナウンスの声が響く。

声 1028番。

パイロット・スクールの制服を着た男が浮かび上がる。

声 1060番。1225番。1280番。2130番。2200番。3023番。4029番。5250番。6150番。7040番。

番号が読み上げられる度に、制服を着た男女が浮かび上がる。全部で十一人。

声 以上十一名が、第五次試験の合格者だ。

十一人が一斉に歓声を上げる。

声　静粛に。今、「やりー！」と言ったのは誰だ。

1280番　（手を挙げて）僕ですが。

声　1280番か。かわいそうだが、君は不合格に変更だ。

1280番　えー？　なんでー？

声　宇宙船のパイロットは、常に沈着冷静でなければならない。「やりー！」なんて子供じみた奇声を発する人間は、パイロットには不適格だ。よって、1280番は不合格とする。何か文句はあるか。

1280番　……いいえ。

声　素直だな。やっぱり合格。

1280番　えー？

声　さて、諸君にはこれから直ちに第六次試験を受験してもらう。第六次試験の受験者は、諸君を含めて九百二十二名。そのうち、最終試験に進めるのは三百名。つまり、約三分の一の確率ということになる。だからと言って、このグループの三分の一が合格できるとは限らない。パイロット・スクールで訓練してきた成果を、充分に発揮してほしい。準備はいいな？　それでは、第六次試験を開始する。

十一人がいくつかのグループに分かれて、様々な試験にトライする。無重力空間で運動能力を競うグループ、運行技術を競うグループ、体力を競うグループなどなど。やがて、一人二人と脱落していく。

最終的に、男が二人、女が一人残る。

声　残っている者は、54ゲートへ向かえ。MR360号が諸君を待っている。今後の説明は、乗船した後に行われる。幸運を祈る。

三人が一カ所に集まる。お互いに軽く会釈する。
三人の後ろに、女が現れる。彼女の名前はマリナ。

星　MR360号、乗船許可願います。
マリナ　認識番号と氏名をどうぞ。
神林　(星を押さえて)1028番、神林長兵衛です。
星　2200番、星新一郎です。
砂記　5250番、小松砂記です。
マリナ　確認しました。皆さんの乗船を許可します。どうぞ、目の前のリフトに乗ってください。

三人が一歩前に出る。そこはコントロール・センター。

マリナ　MR360号へようこそ。間もなく、この船のパイロットが来ます。それまで、楽にしてお待ちください。

三人がお互いの顔を見る。

星　（砂記に）これはどういうことだ？　第六次試験はまだ終わってないのか？
砂記　さあね。後で、パイロットから説明があるんじゃない？
星　でも、いきなり船に乗せられるなんて。一体、僕らをどこへ連れていくつもりなんだ？
砂記　どこでもいいじゃない。合格したかったら、黙って待ってなさい。
星　はいはい、わかりましたよ。全く、いつもこの調子なんだから。
砂記　この調子って何よ。
星　他人の言うことに、いちいち噛みついてくる。だから、ピラニアなんてあだ名をつけられるんだ。
砂記　私、ピラニアってあだ名だったの？
星　ああ。他にも、狂犬とかアナコンダとかスペインの暴れ牛とか。
砂記　悔しい！
神林　君たち、ずいぶん仲がいいね。
砂記　あなた、どこに目をつけてるんですか？　私たち、喧嘩してるんですよ。
神林　喧嘩するほど仲がいいって言うじゃないか。君たち、同級生？
星　ええ、Jクラスです。そういうあなたは？
神林　僕は二つ隣のHクラス。ひょっとすると、前にも廊下かどこかで会ってるかもしれないな。

星　(砂記に)会ってるか?

砂記　たぶん、会ってない。この顔は、一度見たら、忘れられないはずだもの。

神林　さすがはピラニア。言いにくいことをズバっと言うね。

砂記　いいえ。私は、神林さんの顔が油っこいとか、日本人離れしてるとか言いたいんじゃなくて、ずいぶんお歳を召していらしゃるなって。失礼ですけど、おいくつですか?

神林　君たちと同じ二十三だよ。でも、そう見えないのは、死んだ親父の代わりに、家族を養ってるからかもしれないな。実は、僕には弟が四人、妹が五人いてね。

星　ということは、全部で十人兄弟ですか?

神林　そいつらを食わせていくために、何が何でも合格しなければならない。で、一つ相談があるんだけど。

星　何ですか?

神林　君はなかなか品がいい。かなり裕福な家庭に育ったと見たが、どうだ?

砂記　彼のパパは京王百貨店の火星支店長なんです。早い話がボンボン。

神林　だったら、パパの跡を継いで、京王に就職すればいいじゃないか。こんな厄介な試験、辞退して。

星　そういうわけには行きません。ここまで来て、今さら辞退するなんて。

神林　ただで辞退しろとは言ってない。さっきも言ったように、僕には五人も妹がいてね。それが、僕には似ても似つかないような、美人揃いなんだ。写真あるけど、見てみる?(とポケットに手を入れる)

砂記　神林さん。試験官に聞かれたら、減点ですよ。
神林　平気平気。（と写真を取り出す）
砂記　それに、星君だって迷惑だろうし。
星　（神林に）砂記の言う通りです。でも、チラっと見るだけなら――
砂記　ちょっと、星君！
マリナ　お待たせしました。パイロットの到着です。

そこへ、パイロットの制服を着た男がやってくる。三人が姿勢を正す。

良介　そんなに緊張するな。俺はおまえらの上司でも何でもない。
マリナ　ずいぶん遅かったですね、キャプテン。
良介　昨夜、ちょっと飲みすぎたんだ。ジョージのヤツに付き合わされて。
マリナ　付き合わせたのは、キャプテンの方でしょう？
良介　やかましい！　離陸準備はできてるのか？
マリナ　チェックは済んでます。その前に、彼らに試験の説明をしてください。
良介　おまえがすればいいだろう。俺はコーヒーを飲んでくる。頭がガンガンするんだ。
マリナ　わかりました。では、せめて自己紹介だけでもしてください。
良介　（三人に）俺は半村良介。せいぜいがんばってくれ。
三人　よろしくお願いします！

良介　大きな声を出すな。頭に響く。
三人　（小声で）よろしくお願いします。
良介　じゃ、後はマリナに聞いてくれ。この船のブレインだ。
神林　ブレイン？
星　僕たちはブレイン・シップに乗れるんですか？
良介　もう乗ってるじゃないか。じゃあな。

良介が去る。

神林　（星に）まずいぞ。僕はてっきり、コンピューターだと思ってた。
星　僕だってそうですよ。砂記はわかってたのか？
砂記　そういう可能性もあるって思っただけよ。
マリナ　おめでとう。皆さんは第六次試験に合格しました。次はいよいよ最終試験です。最終試験に合格すれば、皆さんはハリマ・スペースラインの正社員になれるわけです。
砂記　それで、試験の内容は？
マリナ　火星から地球まで、皆さんにこの船を運行してもらいます。
星　ブレイン・シップは、ブレインが運行するんじゃないんですか？
マリナ　基本的にはそうです。では、星さん。あなたがブレイン・シップについて知っていることを言ってみてください。

神林　（星を押さえて）ブレインとは、先天的に障害を持った人間や、事故で致命的な損傷を受けた人間が、その脳神経をコンピューターに接続した状態のこと。このブレインを搭載した船が、いわゆるブレイン・シップです。

マリナ　いいでしょう。では、今度こそ星さん。ブレイン・シップの欠点は何ですか？

星　スクランブルへの対応が難しいということです。たとえば——

神林　（星を押さえて）たとえば、海賊に襲われて、船の中を荒らされたとしましょう。テーブルやイスを引っ繰り返されて、壁には「バカ」とか「年増」とか落書きされた。が、ブレインには手がないから、自分で消すことはできない。そこで——

星　（神林を押さえて）そこで、ブレイン・シップには、特別な訓練を受けたパイロットが一名、同乗することになっています。

マリナ　その通りです。二人ともよくできました。

砂記　今ので、二人の減点を取り消しにしてもらえませんか？　キャプテンが来る前に話してたこと、聞いてたんでしょう？

マリナ　聞いてましたよ。取り消しにしようと思って、質問したんです。

神林　よかった。

星　（砂記に）思いやりなら、必要ないぞ。

砂記　勘違いしないで。私は腹が立っただけよ。ブレイン・シップだってことを隠しておいて、私たちの話を立ち聞きするなんて。

星　おいおい。

マリナ　星さんの言った通り、この船は本来、私一人で運行しています。が、最終試験では、この船をいろいろなタイプの船と仮定するんです。パイロットが手動運行するタイプ、コンピューターが自動運行するタイプ、そしてブレインが運行するタイプ。以上三つのタイプを、地球に到着するまでの七日の間に、すべて体験してもらいます。

神林　なるほど。最終試験だけあって、なかなか難しそうですね。他の二人がいろいろご迷惑をかけると思いますが、何かあったら、リーダーの僕に言ってください。

星　ちょっと待ってください。いつから神林さんがリーダーになったんです。

マリナ　いいじゃないですか。神林さんは最年長なんだし。

神林　わー！　それは言わないで！

星　最年長って、どういうことですか？

神林　嘘をついて、済まなかった。僕は君たちと同じ歳じゃない。本当は二十四なんだ。

マリナ　報告書には、三十って書いてありましたけど。

神林　まだ二十九です！　誕生日まで、あと一カ月あります！

マリナ　さあ、離陸予定時刻まで、あと五分です。直ちに自分の個室へ行って、荷物がキチンと積まれているかどうか、チェックしてください。居住区は下のフロアです。わからないことがあったら、すぐに私を呼ぶように。

星　どうやって？

マリナ　ブレイン、もしくはマリナと呼びかけてくれればいいんです。私には、この船の中の音がすべて聞こえます。

砂記　つまり、二十四時間、監視されてるってわけですか。
マリナ　プライバシーを侵害するつもりはありません。さあ、急いで。
三人　はい。（と歩き出す）
マリナ　小松さん、あなたは残ってください。

星と神林が去る。

マリナ　砂記ちゃん、怒ってる？
砂記　怒ってません。
マリナ　嘘嘘。その顔は怒ってる。確かに、自分がブレインだって言わなかったのは悪かったと思う。でも、なかなかタイミングがつかめなくて。
砂記　私に何か用ですか？
マリナ　別に。砂記ちゃんと二人で話したかっただけ。パイロット・スクールに入学してから、一度も会いに来てくれないんだもの。私の電子メール、ちゃんと読んでる？
砂記　読んでますよ。返事も書いたでしょう？
マリナ　一年に一度じゃない。私は毎週書いてるのに。
砂記　忙しかったんです。
マリナ　少し痩せたんじゃない？　もっと食べなくちゃ駄目よ。砂記ちゃんは、ちょっとぐらいふっくらしてる方がかわいいんだから。

砂記　今のままでも、充分ふっくらしてます。ねえ、ママ。私はテスト生で、ママは試験官なのよ。お願いだから、試験中は親子だってこと、忘れて。

マリナ　わかってるわよ、それぐらい。

砂記　わかってない。わかってたら、どうして私をママの船に乗せたの？

マリナ　心配だったのよ。だから、砂記ちゃんが乗る予定だった船に頼んで、替わってもらったの。

砂記　もしかして、最終試験まで残ったのも、ママのせい？

マリナ　まさか。ここまで来たのは、間違いなく砂記ちゃんの実力よ。

砂記　とにかく、私を特別扱いするのだけはやめて。

マリナ　わかった。砂記ちゃんが怒るようなことは、もうしない。

砂記　だったら、私を「砂記ちゃん」て呼ぶのはやめて。

マリナ　はい、砂記ちゃん。じゃなくて、小松さん。

砂記　じゃ、私、行きます。

マリナ　五年ぶりに会ったのに、それだけ？　一度ぐらい、笑った顔を見せてよ。

砂記　悪いけど、そんな気分じゃないの。最終試験はメチャクチャ難しそうだし、ライバルは二人もいるし。

マリナ　ライバルなんて思わないで、仲間だと思えば？

砂記　そんなの、無理よ。あの人たちだって、私を仲間とは思ってないだろうし。

マリナ　それは、あなたが怖い顔してるからよ。

砂記　顔は関係ないでしょう？　私たちが親子だってこと、絶対誰にも言わないでね。

マリナ　どうしよう。良介には言っちゃった。
砂記　キャプテンに？　どうしてよ。
マリナ　うれしかったからよ。あなたに会えるのが。
砂記　バカじゃないの？
マリナ　親に向かって、バカとは何よ。
砂記　確かに、私はママに産んでもらった。でも、それだけじゃない。食事を作ってもらったこともないし、一緒に遊園地に行ったこともない。
マリナ　私の体は五百メートルもあるのよ。遊園地なんか行ったら、みんなペチャンコになるわ。
砂記　ママにはママの人生があるように、私には私の人生があるの。だから、私のすることに口出ししないで。わかった？
マリナ　砂記……。
砂記　失礼します、ブレイン。

砂記が去る。

2

マリナ

一日目。今回の最終試験で、私の船に乗ったテスト生は三人。全員受かる可能性もあるし、全員落ちる可能性もある。合計三百人のテスト生のうち、パイロットになれるのは百人だけ。しかも、ブレイン・シップに乗れるのは、わずか十人に過ぎない。私も以前は、ブレイン・シップに憧れるパイロットの一人だった。二十年前、乗っていた貨物船が、海賊に襲われるまでは。必死で逃げようとした私は、通常の航路を外れ、隕石群の真ん中に飛び込んだ。隕石の一つがエネルギー・タンクに衝突。私はすぐに脱出ポッドへ走ったが、発射スイッチを押す前に船が爆発。次に目が覚めた時には、一生体を動かせない状態になっていた。その頃、私には、夫と三歳になる娘がいた。同じ会社の開発部に勤めていた夫は、私にブレインとして生まれ変わることを勧めた。残りの人生をベッドの上で過ごすより、今まで以上に自由に宇宙を飛び回れと。気の遠くなるような時間をかけて、私の脳神経はコンピューターに接続された。そして、次に目が覚めた時には、私は船になっていた。それからの十五年間、夫は娘を連れて、何度も会いに来てくれた。娘がパイロット・スクールに入学した年に、病気で亡くなるまでは。その時から、娘は私に会いに来なくなった。

コントロール・センター。良介がやってくる。カップを持っている。キーを叩いて、航海日誌を読み上げる。

良介　「二日目。テスト生たちに手動運行をやらせてみた。が、誰が最初にやるかで大喧嘩。砂記の言う通り、お互いを仲間だとは思っていないらしい。三日目。相変わらず、砂記はテスト生としての会話しかしようとしない。砂記が一人になった時を狙って、トイレの中で話しかけたら、『あっち行け』と言われた。私はただ、砂記とおしゃべりがしたかっただけなのに。ひどいわ、砂記ちゃん」……何が「ひどいわ、砂記ちゃん」だ、バカ。

マリナ　おはようございます、キャプテン。私の航海日誌を勝手に見ないでください。

良介　こいつは後で会社に提出するんだぞ。「ひどいわ、砂記ちゃん」は削除しといた方がいいんじゃないか?

マリナ　言われなくても、そうします。ところで、キャプテン。コントロール・センターへの飲食物の持ち込みは、禁止になっているはずですが。

良介　おまえが勝手に決めたことだろう。そんなに汚されるのがイヤなら、もっときれい好きな男と組め。

マリナ　私に選ぶ権利があったら、とっくにそうしてるわよ。神様、次のパイロットはリチャード・ギアみたいな人にしてください。

良介　神様、俺はジョディー・フォスターみたいな色っぽい女がいいです。間抜けな女はもう勘弁してください。

マリナ　誰が間抜けだって？

良介　おまえに決まってるだろう。どこの世界に、自分の娘の試験官になるヤツがいる。

マリナ　だって、どうしても会いたかったんだもの。

良介　甘ったれたことを言うな。いいか、マリナ。これは試験なんだぞ。俺はおまえが娘を贔屓するような女だとは思わないが、会社は違う。試験の過程を厳しくチェックしてくるだろう。

マリナ　そうか。じゃ、バレないようにうまくやらなくちゃ。

良介　そうじゃなくて、小松を合格させたかったら、試験官なんかになるべきじゃなかったんだ。小松はもうガキじゃない。いつまでも母親面してると、後で痛い目に遇うぞ。

マリナ　結婚したこともないくせに、偉そうなこと言わないで。

そこへ、砂記・星・神林がやってくる。

星　あれ？　もう来てたんですか、キャプテン。

良介　大きな声を出すな。頭に響く。

砂記　また二日酔いですか？　そんなに毎日飲んでると、体を壊しますよ。

神林　小松君、君にはキャプテンの気持ちがわからないのか？　パイロットの仕事は緊張の連続なんだ。たまには酒でも飲んでリラックスしないと、やってられないんだよ。ねえ、キャプテン？

砂記　たまには、じゃなくて、毎日じゃない。

星　（キーボードに向かって）二人とも、おしゃべりしてる暇があったら、仕事を始めませんか？　ブレイン、指示をください。

神林　ずるいぞ。自分だけ点を稼ごうとして。

砂記　（キーボードに向かって）神林さん、早く配置に着いてください。

神林　あ、小松君まで。キャプテン、今のは減点ですか？

良介　神林はマイナス五、小松はマイナス三だ。

砂記　えー？　私も？

良介　口答えしたら、さらに減点するぞ。マリナ、説明しろ。

マリナ　今日は、コンピューターが自動運行するタイプです。星さんは航路の確認、神林さんはエネルギー残量の計測、小松さんは通信機能のチェック。十分以内に終了じてください。

三人がそれぞれの仕事を始める。と、信号音が鳴る。

良介　誰か、変な所を触ったか？

神林　すいません、どうしてもお尻がかゆくて。

良介　俺はそういう意味で聞いたんじゃない。小松、受信機の感度を上げろ。星は船の周囲を捜索。

砂記　外部からの通信をキャッチしました。解析します。

星　二時の位置に、船らしい物体があります。距離は八千。
マリナ　キャプテン、SOSのようです。こちらからも呼びかけますか？
良介　マリナ、この船はコンピューターが自動運行するタイプじゃなかったのか？　小松、おまえが呼びかけろ。神林は生命反応の調査、星は航路の修正だ。
砂記　呼びかけに答えません。SOSは一定の周期で繰り返されているだけです。
星　船が見えました。小型の貨物船です。エンジンは停止してます。
良介　神林はどうだ。予め言っておくが、俺はおまえの尻には興味がないぞ。
神林　生命反応を確認しました。ただし、非常に微かです。
良介　星、手動運行に切り換えろ。貨物船の十メートル手前で停止だ。
星　外部に損傷はありません。海賊に襲われたわけじゃないみたいですね。
良介　勝手に判断するな。全員、AIスーツを着ろ。
神林　はい。（と脱ぎ始める）
良介　ここで脱ぐな、神林。着替えはロッカールームでやれ。接舷次第、生存者の救出に向かう。指示があるまで、エアロックで待機。
三人　はい。

三人が去る。

マリナ　良介は？

良介　俺は残る。当然だろう。
マリナ　三人だけに任せるつもり？　本物の救助活動なんて、やったことないのよ。
良介　だから、ＡＩスーツを着させたんだ。いざとなったら、おまえの思い通りに動かせばいい。
マリナ　良介も一緒に行って。手は出さなくていいから。
良介　その必要はない。やつらは、あらゆる状況に対処できるだけの訓練を積んでるんだ。よほどのことがない限り、おまえも口を出すな。いくら娘が心配でも。
マリナ　砂記のことだけを心配してるんじゃないわ。
良介　嘘つけ。娘のためを思うなら、娘を信じるんだ。じゃ、俺はもう一杯、コーヒーを飲んでくる。
マリナ　ちょっと、良介！

良介が去る。星の声がスピーカーから聞こえる。

星　星です。全員、エアロックに到着しました。
マリナ　了解。直ちに移動用チューブを出します。表示ランプが青になったら、チューブを通って、難破船に移動してください。皆さんが見る物は、私にも見えます。皆さんが聞く音は、私にも聞こえます。しかし、よほどのことがない限り、私は口を出しません。皆さんの判断で行動してください。
神林　わかりました。リーダーの僕に任せてください。

星　神林さん、チャックが開いてますよ。

マリナ　難破船は全長五十メートルほどの貨物船だった。外部に所属会社のマークがないところを見ると、どうやら個人所有の船らしい。砂記たちはチューブを通って、その中に入っていった。中は不気味なほど静かで、人の気配は感じられなかった。

貨物船のコントロール・センター。AIスーツを着た三人がやってくる。

神林　誰もいないな。コントロール・センターが空っぽなんて、変じゃないか？

砂記　見てください。メイン・コンピューターがダウンしてます。手動運行に切り替える前に、壊れたんじゃないですか？

星　SOSだけ出して、寝てるのかもな。他の部屋を探しに行こう。

砂記　それより、船内システムだけ復帰させたら？　放送で「助けに来ました」って呼びかけるのよ。

星　すぐに復帰できなかったらどうする。生存者を救助する方が先だ。

神林　じゃ、いっぺんにやるってのはどうだ。小松君はコンピューターを直す。星君と僕は手分けして生存者を探す。

砂記　単独行動には反対です。

星　一人になるのが怖いのか？

砂記　まさか。三人でやった方が能率的だって言ってるのよ。

星　二対一だ。おとなしく決定に従え。
砂記　いつからあなたがリーダーになったの？　私に命令しないでよ。
星　命令じゃない。これは多数決で決まったことなんだ。
神林　いや、やっぱりバラバラになるのはやめよう。
星　神林さん。あなたも怖いんですか？
神林　そうじゃない。小松君が先に直したら、このテストの得点は小松君に入る。やっぱり、みんなで同じことをした方がいい。
砂記　え？　これはテストなんですか？
神林　バカだな。こんな所で難破船にでくわすなんて、話ができすぎてると思わないか？
砂記　バカって言う人がバカなんですよ。
神林　いや、バカは君の方だ。
星　二人ともバカでいいじゃないですか。で、直すのか探すのか、どっちにするんです。
神林　みんなで直そう。最初に直したヤツが得点だからな。（とキーを叩く）

警告音が鳴り出す。

神林　何だ何だ何だ！
星　神林さん、何をしたんですか？
神林　わからない。（と画面を見て）あれ？　エンジン・ルームの気圧が安全範囲を越えてるぞ。

砂記　どうして？　早く止めないと爆発するわ。（とキーを叩く）

星　砂記は手を出すな。（とキーを叩いて）こういう時は、冷静な人間が対処した方がいい。

砂記　星君こそ、手を出さないで。（とキーを叩いて）システム管理の成績は私の方が上だってこと、忘れたの？

神林　どっちでもいいから、早く止めてくれ！

警告音が大きくなる。

マリナ　何やってるのよ、砂記ちゃん！

砂記　私の名前は小松です。

マリナ　そんなのどっちでもいいから、早く逃げて。

砂記　でも、生存者はどうするんですか？

星　砂記、誰としゃべってる。

砂記　何でもない。独り言よ。

マリナ　生存者だって、警告音は聞いてるはずよ。今頃は、脱出ポッドに向かってるんじゃない？

砂記　神林さん。脱出ポッドはどこですか？

神林　この部屋の真下だ。それがどうした。

砂記　生存者がそっちへ行くかもしれません。私、見てきます。

星　待てよ。一人で勝手な行動はするな。

神林　もうダメだ。気圧がレッドラインを越えた。
マリナ　（砂記に）それ以上は危険よ。早くこっちに戻って。
砂記　生存者を見捨てろって言うの？
星　そんなこと言ってないだろう。
砂記　二人は船に戻ってください。私は脱出ポッドに行きます。

砂記が走り出す。と、目の前に、銃を構えた女が立ち塞がる。その後ろに、男。

レイ　動くな。
砂記　あなたたち、乗組員ね？　他の人は？
レイ　海賊に答える義務はない。
砂記　海賊ですって？　せっかく助けに来てあげたのに、何てこと言うのよ。
星　下がってろ、砂記。（レイに）その銃を下ろしてください。僕たちは海賊じゃありません。
アリツネ　嘘つけ。俺たちの船を壊そうとしてるじゃないか。
神林　わざとやったんじゃないんです。星君が操作を間違えちゃって。
星　何を言ってるんですか、神林さん。（レイに）コンピューターが壊れたのは、単なる事故です。僕たちはあなたたちを助けに来たんです。
アリツネ　証拠はあるのか。
砂記　（スーツの腕の部分を指して）このマークを見て。

アリツネ　ハリマか。ＳＯＳをキャッチしてくれたのか？
星　そういうことです。さあ、一緒に逃げましょう。
レイ　と、油断した隙に、私たちを殺すつもりか？
神林　そんなこと、テストの最中にするわけないでしょう。
レイ　テスト？　テストって何のことだ？
アリツネ　（画面を見て）レイ、あと三分で爆発するぞ。
星　こんな所で話をしている暇はない。急いで、僕たちの船に移るんです。
レイ　私に船を見捨てろって言うのか？
砂記　イライラするわね。船ぐらい、また新しいのを買えばいいじゃない。
星　黙れ、砂記。（レイに）他に乗組員は？
レイ　（銃を下ろして）私たちだけだ。
星　よかった。さあ、早く。

五人が去る。警告音が次第に大きくなっていく。

3

ラウンジ。ジョージがやってくる。カップを二つ持っている。
警告音がさらに大きくなる。そして、いきなり爆発音。
と、良介がやってくる。

良介 ジョージ、今の音は何だ。
ジョージ 新しいメニューに挑戦してたんだ。その結果が今の音だ。
良介 これで三日連続だな。そんなことより、コーヒーが飲みたいんだが。
ジョージ ほら、もう入れてある。
良介 どうして俺が来るってわかった。
ジョージ おまえとは長い付き合いじゃないか。以心伝心てヤツだよ。
マリナ 嘘よ。私が教えたの。
ジョージ それは言わない約束だろう?
良介 いいから、早くコーヒーを飲ませろ。
ジョージ 好きな方を選べ。一つはうまいコーヒー。もう一つはうまいめんつゆだ。

良介　何を賭ける。
ジョージ　俺が勝ったら、おまえは皿洗い。おまえが勝ったら、俺は昼飯の支度。
良介　どっちもおまえの仕事じゃないか。
ジョージ　他人のことが言えるのか？　難破船が爆発した時も、ここでコーヒーを飲んでたくせに。
良介　わかったよ。右だ。
ジョージ　（カップを差し出す）
良介　そっちは左だろう。
ジョージ　俺から見れば右だ。ハッハッハッハ。（と良介にカップを押しつける）
良介　ハッハッハッハ。（と受け取って）汚いぞ、ジョージ。
マリナ　ジョージは、私の船のシェフだ。キッチンにいる時間より、この部屋で良介と賭けをしている時間の方が長い。テスト生たちの誰が合格するか、そんなことまで賭けているらしい。この部屋はラウンジと呼ばれていて、皆が食事をしたり、休憩したりする場所だ。

そこへ、モトコがやってくる。

モトコ　すいません、コーヒーをください。
ジョージ　いらっしゃい、モトコさん。今日はまた一段と背が高いですね。「ジョージ心の日記。今朝、朝食を作りながらモトコさんのことを考えていたら、オムレツにケチャップで『モトコ・ラブ』と書いてしまった。ジョージはモトコにぞっこんさ」。

良介　バカじゃないのか。
ジョージ　（モトコに）お仕事、もう終わったんですか？
モトコ　まだまだ。五分だけ休憩しようと思って。（良介に）それ、もらってもいいですか？（と良介の手からカップを取る）
良介　いや、それはやめた方が——
モトコ　（飲んで）何ですか、これ？
良介　めんつゆだ。本物はこっちだ。（とジョージの手からカップを取り、モトコに渡す）
ジョージ　いや、それはやめた方が——
モトコ　（飲んで）こっちもめんつゆじゃないですか。
良介　ジョージ、俺を引っかけるつもりだったな？
ジョージ　だって、皿洗いは面倒なんだよ。
モトコ　お願いですから、普通のコーヒーを飲ませてください。
ジョージ　はいはい、ただ今。（とモトコの手からカップを取る）

ジョージが去る。

モトコ　キャプテン、一つ質問してもいいですか？
良介　何だよ、改まって。
モトコ　パスワードのヒントがほしいんです。キャプテンの好きな言葉は何ですか？

良介　そうだな。いろいろあるけど、一番好きな言葉は――

マリナ　（良介の声で）「骨まで愛して」

モトコ　本当ですか、キャプテン？

良介　違う。今のは俺じゃない。マリナが俺の声で言ったんだ。

マリナ　（良介の声で）ごめんごめん。じゃ、キャプテンが一番好きな言葉は？

良介　ちょっと照れ臭いけど、「ラブ&ピース」かな。

モトコ　なるほど、そういう方向もあったか。ありがとう、キャプテン。

モトコが去る。

マリナ　モトコさん、よく働くわね。誰かさんと違って。

良介　やかましい。おまえの方こそ、ちゃんと自分の仕事をしろ。

マリナ　何言ってるのよ。自分はテスト生たちを放ったらかしにしてるくせに。

良介　誰かさんみたいに、甘やかすよりはマシだ。

マリナ　私がいつ甘やかしたのよ。

良介　とぼけるな。救助の時、小松に話しかけただろう。ここの端末で、しっかり聞いてたんだよ。

マリナ　悪かったわよ。これからは一切、口出ししない。それでいいんでしょう？

ジョージがやってくる。カップを一つ持っている。

ジョージ　あれ、モトコさんは？
良介　仕事に戻った。
ジョージ　せっかく心をこめて入れてきたのに。「ジョージ心の日記。今、コーヒーを入れながらモトコさんのことを考えていたら、まな板に『モトコ・ラブ』と包丁で彫ってしまった。ジョージはモトコにぞっこんさ」。
良介　頭おかしいんじゃないのか。
マリナ　ジョージ、あと二人分、用意した方がいいみたい。
ジョージ　誰か来るのか？　いや、誰かは言うな。（良介に）刑事と海賊。
良介　星と神林。

手錠をつけられた女と、目つきの鋭い男がやってくる。

ジョージ　（良介に）やったね、俺の勝ち。
ダイゴ　そのコーヒー、もらってもいいか？
ジョージ　どうぞどうぞ。（アラシに）あんたの分も入れてきてやろうか？
アラシ　コーヒーなんかいらない。飯を食わせろ、飯を。
ジョージ　さっき、朝飯を食ったばっかりじゃないか。
アラシ　俺は一日五食食わないと調子が悪いんだ。
ダイゴ　調子が悪くて結構。三食食えるだけでもありがたいと思え。

アラシ　どうして俺がこんな目に遇わなくちゃいけないんだ。
良介　海賊だからじゃないのか？
アラシ　だから、それはダイゴの誤解なんだってば。
ダイゴ　俺の名前を呼び捨てにするな。ダイゴさんと呼べ。
アラシ　ダイゴさんはおバカさんだから、周りにいる人間がみんな海賊に見えるんだ。俺は海賊じゃなくて、海賊専門の賞金稼ぎなんだよ。
ダイゴ　（銃を抜いて）黙れ、海賊。
アラシ　俺の名前は海賊じゃない。アラシだ。
ジョージ　まあまあ、刑事さん。そんな危ない物はしまって。
ダイゴ　（銃を戻して）失敬。こいつと話してると、どうも調子が狂う。
マリナ　ジョージ。コーヒーをあと三人分、追加。
良介　（ジョージに）テスト生。
ジョージ　言おうと思ってたのに。三人てことは、風間三姉妹。
良介　乗ってるわけないだろう。
マリナ　ちょっと、ジョージ。賭けはいいから、コーヒーを用意して。
良介　マリナ。余計な口出しはしないんじゃなかったのか？　しばらく黙ってろ。

砂記に案内されて、レイとアリツネがやってくる。

砂記　キャプテン、事情聴取が終わりました。報告書は、神林さんが書いてます。
ジョージ　クソー、引き分けか。
砂記　また賭けをしてたんですか？
良介　その言い方、誰かさんにそっくりだな。
砂記　（レイに）疲れたでしょう？　今、ジョージさんがコーヒーを持ってきてくれますから。
ジョージ　はいはい。テスト生のくせに、人使いが荒いんだから。

ジョージが去る。

砂記　レイさん。こちらはこの船のパイロットです。
良介　（レイに）半村だ。みんなからは「さわやかキャプテン」て呼ばれてる。
砂記　嘘ばっかり。
レイ　（良介に）レイだ。こいつは相棒のアリツネ。二人で組んで、運び屋をしている。
ダイゴ　運び屋？
アリツネ　レイガンとかドラッグとか、正規のルートを通すとヤバイものを運んでる。こいつが結構儲かるんだ。
良介　そういう話は、ここではしない方がいいんじゃないかな。
アリツネ　どうして。
アラシ　（ダイゴを示して）こいつの前でおかしなことを言うと、俺みたいにひどい目に遇うぞ。

ダイゴ　ひどい目に遇ってるのは、俺の方だ。
砂記　アリツネさん。こちらの、ゴリラとゴリラの飼育係みたいな人は、海賊と海賊課の刑事さんなんです。
アリツネ　こんな所にどうして海賊課が？　この船はハリマの貨物船じゃないんですか？
砂記　今回の積み荷はこの人と、この人が起こした事件の証拠品なんです。
レイ　証拠品て？
ダイゴ　（アラシを示して）こいつが乗っていた戦闘機だ。さすがに、手で運ぶわけにはいかないだろう。
アリツネ　（アラシを示して）この人、一体何をしたんですか？
砂記　何だと思います？
アリツネ　銀行強盗？　それとも、現金輸送船の襲撃？
砂記　残念でした。答えは食い逃げです。
アリツネ　食い逃げ？
アラシ　あの日、俺は腹を空かして、火星の裏通りの大衆食堂に入った。

アラシが暖簾をくぐる。

アラシ　ごめんよ。
ダイゴ　いらっしゃい。何にしましょう。

アラシ　火星うどんと火星丼と火星カレーと火星野菜定食。全部大盛りで。
ダイゴ　はい、お待ち。
アラシ　（ペロリと食べて）あー、うまかった。親父、お勘定。
ダイゴ　ちょうど３０００クレジットです。
アラシ　親父、ごめん。俺、金を持ってないんだ。悪いけど、ツケにしてくれ。
ダイゴ　てめえ、食い逃げするつもりか？（と銃を抜いて）バンバンバン！
アラシ　やめろ、親父！　話せばわかる！（と逃げて）あ、店の前に戦闘機が。これぞ、天の思し召し。こいつに乗って、逃げろって言うんだな？（と乗って）発進。しまった。俺は免許を持ってないんだ。ドカーン！

アラシが倒れる。

レイ　こんなヤツが海賊とは思えないな。
ダイゴ　今のはこいつの証言だ。俺はこれっぽっちも信じてない。こいつの正体はアシュラの部下だ。
アリツネ　アシュラって、あの有名な？
ダイゴ　火星のシンジケートを牛耳る、海賊の中の海賊だ。
アリツネ　しかし、アシュラがこんなヤツを部下にしますかね？
ダイゴ　あんたが疑うのもよくわかる。しかし、こいつが乗っていた戦闘機は、アシュラのものだったんだ。百年前に作られた、Ｘ型戦闘機。あんな骨董品みたいな船に乗ってるのは、宇

砂記　宙広しと言えども、アシュラしかいない。
アリツネ　ダイゴさんは、アシュラと撃ち合ったことがあるんですって。
ダイゴ　（ダイゴに）本当ですか？
良介　残念ながら、あと一歩ってところで、逃げられた。あの時、ヤツを殺しておけば、火星も少しは平和になったんだ。
ダイゴ　火星の政治家の三分の一は、アシュラから資金をもらってるらしいな。
良介　マユムラって政治家を知ってるか。
ダイゴ　次の大統領の候補だろう。結構切れ者だって噂だぞ。
レイ　俺はあいつがアシュラだと睨んでいる。
砂記　信じられないな。海賊が政治家になれるのか？
ダイゴ　でも、ダイゴさんはアシュラの顔を見たんですよね？
　いや、見てない。見る前に撃たれちゃったんで。しかし、声はしっかり聞いた。ヤツの声はマユムラにそっくりだった。
レイ　ただの偶然じゃないのか？
ダイゴ　偶然かどうかは、戦闘機を調べればわかることだ。（アラシに）個室に戻るぞ。
アラシ　また閉じ込められるのかよ。
ダイゴ　うるさい。さっさと歩け。

ダイゴとアラシが去る。反対側から、ジョージがやってくる。カップを三つ持っている。

ジョージ　よかった、うるさいのがいなくなった。（アリツネにカップを差し出して）はい、どうぞ。
アリツネ　（受け取って）すいませんね。コーヒーなんて、久しぶりだな。
砂記　大変だったでしょう、三日もあんな状態で。
ジョージ　そうか。コーヒーより、食事の方がよかったかな。
レイ　（砂記に）食事より、少し休みたいんだが。

そこへ、星と神林がやってくる。二人とも書類を持っている。

星　キャプテン、報告書ができました。（と書類を良介に差し出す）
神林　（星を押さえて）読んでください、キャプテン。（と書類を良介に差し出す）
良介　おまえら、二人とも書いたのか？　会社へ送るのは、一つなのに。
神林　最初は星君に任せたんですけど、途中でめんどくさいって言い出しまして。
星　それは神林さんでしょう？
良介　どっちでもいいから、好きな方を送れ。
星　そういうわけには行きません。キャプテンが選んでください。
神林　（良介に）僕の方が読みやすいと思います。星君のは理屈ばっかり多くて。
星　読んでもいないのに、どうしてわかるんですか？
神林　君の方が、圧倒的に漢字が多い。
良介　ジョージ、今日の昼飯は何だ。

ジョージ　豚キムチだ。
良介　よし、神林の方にしよう。（と書類を受け取る）
星　そんな選び方、納得できません。
神林　潔く負けを認めろ。
良介　（砂記に書類を差し出して）これを送ってこい。
砂記　（受け取って）私はレイさんたちを個室に案内しようと思ってたんですが。
星　僕が案内しますよ。（レイたちに）さあ、どうぞどうぞ。
神林　（星を押さえて）星君は方向音痴なんです。だから、僕についてきてください。

星と神林がレイとアリツネを案内して去る。

ジョージ　誰も片付けてくれないんだもんな。（とカップを片付け始める）
良介　それがおまえの仕事じゃないか。ところで、ジョージ。俺はまだコーヒーを飲んでないんだが。
ジョージ　ああ、忙しい、忙しい。

ジョージが去る。

砂記　キャプテン、一つ質問してもいいですか？

良介　俺の好きな言葉か？
砂記　違います。私が聞きたいのは、今日の事件についてです。難破船に出会ったのも、レイさんたちを救助したのも、すべてテストなんですか？
良介　バカ。うちの会社が、そんな手のこんだこと、するわけないだろう。第一、船なんか爆破したら、大損じゃないか。
砂記　そうですよね？　失礼します。

砂記が去る。

良介　マリナ。起きてるか？
マリナ　起きてるわよ。私も砂記と同じことを考えてたの。あの二人、本当にただの運び屋なの？
良介　会社が送ってきた偵察員とは考えられない？
マリナ　おまえが贔屓してないかどうか、探るためにか？　バカも休み休み言え。
良介　でも——
おまえが黙ってると、静かでいいな。これからも、その調子で頼むぞ。

良介が去る。

4

マリナ　そして、ラウンジは空っぽになった。私の船を人間の体にたとえると、頭の部分にラウンジとコントロール・センターがある。胸の部分が居住区で、おなかの部分が格納庫。ブレイン・シップに乗るということは、私に食べられるようなものなのだ。想像すると、ちょっと気持ち悪い。が、私は、私の中に入った人たちの行動を、すべて把握することができる。ただし、個室だけは、プライバシーを守るために、覗かないことにしていた。

マリナが去る。
個室。レイとアリツネがやってくる。

アリツネ　なかなかいい部屋じゃないか。床も壁もピカピカだし。
レイ　あのパイロット、見かけによらず、キレイ好きらしいな。
アリツネ　よし、壁に落書きしてやるか。「私はレイ、まだ独身」って。
レイ　私の名前を勝手に使うな。
アリツネ　冗談だよ。しかし、海賊課が乗ってるとは思わなかったな。大したヤツじゃなさそうだが。

レイ　油断するな。あの刑事、見かけはバカだが、銃の腕は立つ。
アリツネ　あんたより上か。
レイ　どうかな。
アリツネ　しかし、俺を撃つのは不可能だ。たとえ、あんたでも。
レイ　（アリツネに銃を抜いて）試してみるか？
アリツネ　また今度にしておこう。三分だけ、休みをくれ。ラジオ体操をする。
レイ　ラジオ体操？
アリツネ　俺の仕事は頭脳労働だからな。健康のために、毎日体を動かしてるんだ。
レイ　そんなことをしている暇はない。すぐに仕事にかかれ。
アリツネ　俺に命令するなよ。俺はあんたの部下じゃない。
レイ　忘れたのか？　この仕事をしくじったら、私たちは二人とも消されるんだ。
アリツネ　しかし、この部屋には端末がないんだ。
レイ　だったら、他の部屋へ行けばいい。確か、途中に医務室があったな。
アリツネ　医務室か。可能性はあるな。
レイ　よし、行くぞ。

レイとアリツネが去る。入れ替わりに、マリナがやってくる。

マリナ　その頃、医務室にはモトコさんがいた。医務室の端末を使って、自分の仕事をしていたのだ。火星を出発してから四日になるが、彼女はほとんどの時間をここで過ごしていた。つまり、寝ていないのだ。

医務室。マリナの科白の間に、モトコもやってくる。キーを叩き始める。

モトコ　も・の・す・ご・く・ね・む・い。こんなパスワード、あるわけないか。
マリナ　そんなに眠いなら、寝ちゃえばいいのに。
モトコ　わー、ビックリした。いきなり話しかけないでよ。
マリナ　ごめんごめん。お仕事、まだ終わらないの？
モトコ　もうちょっとなのよ。パスワードさえわかれば、後は簡単なんだ。
マリナ　だったら、一時間だけ休憩にして、お昼寝すれば？
モトコ　昼寝なんかしてる暇はないの。（とキーを叩く）
マリナ　じゃ、気分転換に、シャワーを浴びたら？
モトコ　シャワーなんか浴びてる暇もないの。（とキーを叩く）
マリナ　じゃ、私、歌を歌ってあげる。おなかが――
モトコ　マリナさん。心配してくれるのは凄くうれしいけど、凄く迷惑なんだ。
マリナ　でも、あんまり無理すると、体を壊すわよ。
モトコ　この仕事には、私の未来がかかってるの。うまく行ったら、昇進できるのよ。私の体が壊れるのが先か、昇進できるのが先か。一か八かの勝負なの。

マリナ　若いのに、偉いわね。その年頃だったら、他にやりたいことがいっぱいあるでしょうに。
モトコ　（キーを叩いて）お・ん・せ・ん・に・い・き・た・い。あー、変な言葉しか思いつかない。

そこへ、レイがやってくる。

レイ　仕事中、申し訳ない。
モトコ　（キーを叩いて）し・ご・と・ち。お願いだから、少し黙っててよ。（とレイを見て）あなたは誰？
レイ　レイだ。さっき救助してもらった。
モトコ　ああ、あなたが。どこか具合でも悪いの？
レイ　そうじゃない。キャプテンからの伝言だ。すぐにラウンジへ来てくれと。
モトコ　ラウンジに？　一体何の用だろう。
レイ　さあな。とにかく、一秒でも早く来てほしいそうだ。
モトコ　わかった。行ってみるわ。（とスロットからカードを取り出して）ところで、あなたの好きな言葉は？
レイ　ラブ・イズ・オーバー。
モトコ　あなたもラブ？　みんな愛に飢えてるのね。じゃ。

モトコが去る。すぐに、アリツネがやってくる。

アリツネ　どうした、レイ。ボーっとして。

レイ　何でもない。どれぐらいかかりそうだ。

アリツネ　システム次第だな。まあ、黙って見てろよ。（とキーを叩く）

マリナ　一瞬、何が起こったのか、わからなかった。が、すぐに彼がしようとしていることに気づいた。医務室の端末から、メイン・コンピューターに侵入するつもりなのだ。

アリツネ　第一関門、突破。

マリナ　コンピューターのネットワークが私の体だとしたら、いきなり腕をつかまれたようなものだ。私は必死で彼の手を振り払った。

アリツネ　（画面に）何だ、こりゃ。

レイ　どうした。

アリツネ　パスワードが、どんどん変わっていくんだ。（とキーを叩く）

マリナ　何回振り払っても、物凄い力でつかんでくる。ブレインになってから、初めて感じる恐怖だった。私は私と彼の間に、必死で壁を作った。

アリツネ　ダメだ。この端末からじゃ、アクセスできない。

レイ　やっぱりコントロール・センターか。

アリツネ　その方がてっとり早い。しかし、誰かいたらどうする。

レイ　その時はその時だ。

レイとアリツネが去る。

マリナ　私は急いでコントロール・センターへ戻った。中には誰もいなかった。私はすぐにメイン・コンピューターを守る準備をした。あの二人の目的が何なのかはわからない。が、自分の体を勝手に触らせるわけにはいかない。

コントロール・センター。砂記がやってくる。

砂記　音声コントロール・モード。これから入力するデータを、至急、火星に送るように。送り先は――

マリナ　ちょっと待って、砂記。今はそれどころじゃないの。

砂記　おかしいですね。今日は、ただのコンピューターじゃなかったんですか?

マリナ　悪いけど、すぐにここから出ていって。

砂記　そういうわけには行きません。急いでこの報告書を送らないと。

マリナ　あなた、まだ送ってなかったの?

砂記　仕方なかったんです。キャプテンは神林さんのを送れって言ったけど、あの選び方じゃ納得できなくて。だから、神林さんのと星君のを、一つにまとめてたんです。

マリナ　それは大変だったわね。じゃ、私が代わりに送っておいてあげるから、あなたは個室へ戻って。

砂記　どうして私を追い出そうとするんですか?

マリナ　ここにいたら、危険だからよ。あの人たち、何をするかわからない。

砂記　あの人たちって？

マリナ　さっき救助した二人よ。医務室の端末から、メイン・コンピューターにアクセスしようとしたの。

砂記　ストップ。どうしてそれを私に教えるわけ？

マリナ　どうしてって――

砂記　お願いだから、私だけ特別扱いするのはやめて。それで合格できたって、ちっともうれしくない。

マリナ　そうじゃなくて、これは非常事態なの。あの二人は、何かとんでもないことを企んでる。だから、早く逃げて。

砂記　脅かしても無駄よ。どうせ、これもテストなんでしょう？

マリナ　テスト？

砂記　私は私だけの力で合格してみせる。だから、ママは口出ししないで。

そこへ、レイとアリツネがやってくる。

レイ　邪魔してもいいかな。

砂記　ええ、どうぞ。

レイ　さっきの報告書はもう送ったか？

砂記　ちょうど今、送ろうとしてたところです。

レイ　よかった。実は、積荷の数を間違って伝えたかもしれないんだ。確認させてもらえるだろうか。
砂記　わかりました。ちょっと待ってくださいね。（とスロットにカードを入れる）
マリナ　認識できません。
砂記　え？（とキーを叩く）
マリナ　認識できません。
砂記　嘘。どうしてよ。
アリツネ　トラブルですか？
砂記　私のカードは読めないって言うんです。（とキーを叩いて）もう、怒るわよ。コンピューターに怒っても、仕方ないだろう。
レイ　それはそうですけど。おかしいな。（とカードを取り出す）
砂記　（カードを取り出して）これを使ってみてもいいですか？　俺たちの船のデータが入ってるんです。
アリツネ　お願いします。
砂記　（スロットにカードを入れる）
マリナ　その瞬間、私の頭は真っ白になった。どんなパスワードにも反応しないように、プログラムしたはずなのに。彼のカードから、凶暴なウイルスが飛び出して、私の腕に嚙みついたのだ。私に痛みを感じることができたら、悲鳴をあげていただろう。
砂記　（アリツネに）うまく読めました？

アリツネ　ああ、成功だ。（画面に）音声コントロール・モード。メイン・システムのパスワードを表示しろ。

砂記　ちょっと、何をするんです！

レイ　（銃を出して）騒ぐな。

砂記　レイさん……。

レイ　両手を挙げろ。頭の後ろで組むんだ。

砂記　（両手を頭の後ろで組む）

アリツネ　パスワード変更。（とキーを叩く）

砂記　やめて！

レイ　騒いでも無駄だ。おまえの声はもう届かない。

砂記　何をするつもりなの？

アリツネ　この船を俺たちのものにするのさ。（とキーを叩く）

マリナ　そこで、私の意識が戻った。同時に、自分が死にかけていることに気づいた。運行システムと通信システムが彼に奪われたのだ。人間の体で言えば、両手両足を失ったのと同じだ。

レイ　アリツネ、まだか。

アリツネ　（キーを叩きながら）残るは船内システムだけだ。待てよ。

マリナ　私は必死で壁を作った。船内システムまで奪われたら、私は本当に死んでしまう。

アリツネ　クソー。またパスワードが変わっていく。一体どうなってるんだ。

マリナ　死んでたまるか。私は崩れそうになる壁を必死で押さえた。

レイ　どうした、アリツネ。まだ終わらないのか。
アリツネ　いや、試合終了だ。完封は逃したが、九対一で俺の勝ちだ。
レイ　一っていうのは何だ。
アリツネ　船内システムだけはどうしても乗っ取れなかった。まあ、気にすることはない。この船は逃げることもできないし、助けを呼ぶこともできない。
砂記　あなたたち、何者？　何のために、こんなことするのよ。
アリツネ　教えてやったらどうだ、レイ。
レイ　（砂記に）私たちの目的は、この船の積荷だ。
砂記　積荷？　あなたたち、アシュラの部下なの？
アリツネ　そうだ。俺たちは海賊だ。

5

砂記がアリツネを突き飛ばし、キーを叩く。が、すぐにレイに　を叩かれる。

砂記　痛い！　怪我したらどうするのよ。
レイ　おまえ、自分の立場がわかってるのか？（と砂記に銃を向ける）

警告音が鳴る。

レイ　アリツネ！
アリツネ　俺じゃない。（砂記を指して）こいつがキーに触ったんだ。
レイ　言い訳はいいから、早くこの音を止めろ。他のヤツらが来るぞ。
アリツネ　チクショー！（とキーを叩く）
マリナ　本当は大声で叫び出したかった。が、彼らはこの船がブレイン・シップだということに気づいていない。私をただのコンピューターだと思わせておけば、彼らの裏をかくことができる。

アリツネ　（キーを叩きながら）どうして言うことを聞かないんだ。たかが、船内システムのくせに。

マリナ　私はコントロール・センター以外のすべての部屋に向かって叫んだ。早く砂記を助けに来て！　でも、私のことは秘密よ！

レイ　（砂記に）おまえ、船内システムのパスワードを知ってるんじゃないのか。

砂記　知らないわ。知ってたとしても、海賊に教えるわけないでしょう。

レイ　自分の命と引き換えにしてもか。

砂記　たとえ死んでも船を守る。それがパイロットの務めよ。

レイ　口だけは一人前だな。

砂記　あなた、本当に海賊なの？

レイ　なぜそんなことを聞く。

マリナ　砂記はまだテストかもしれないと思っているらしい。が、その可能性はゼロなのだ。会社の人間だったら、この船がブレイン・シップだということを、知らないはずはない。

そこへ、星と神林がやってくる。

神林　小松君、君にだけ活躍させないぞ。

レイ　（銃を砂記に向けて）動くな。

神林　まあまあ、そう熱くならないで。物事は話し合いで解決しましょう。

レイ　断る。

神林　そんな。
星　（レイに）彼女を殺して、何になるんです。あなたの目的はアシュラの戦闘機でしょう？
レイ　どうして知ってる。おまえら、立ち聞きしてたのか？
マリナ　本当は、私が話したのだ。が、星君はとぼけて――
星　ええ。僕は立ち聞きが大好きなんです。ねえ、神林さん。
神林　そうそう。星君の趣味は立ち聞きと立ち食いソバを食べることなんです。
砂記　バカなこと言ってないで、私を助けてよ。
星　そのために、話し合いをしようって言ってるんじゃないか。
神林　最初に提案したのは僕だぞ。だから、僕の得点だ。
砂記　これって、やっぱりテストなんですか？
レイ　何をゴチャゴチャ言ってる。三人とも両手を頭の後ろで組め。
神林　はいはい、わかりました。（と両手を頭の後ろで組んで）次は何をすればいいですか？
　　　僕にできることなら、何でもしますよ。
レイ　やけに協力的だな。
神林　協力しちゃいけませんか？
砂記　当たり前でしょう？　相手は海賊なんですよ。
星　（両手を頭の後ろで組んで）言われた通りにしたんだから、あなたも銃を下ろしてください。
レイ　断る。
神林　なんてワガママな人だ。あなた、もしかして、ひとりっ子ですか？

星　そんなことを聞いて、何になるんです。
アリツネ　ダメだ、レイ。さすがの俺も降参だ。
レイ　とすると、このお嬢さんからパスワードを聞くしかないってわけか。
マリナ　うちの娘に手を出さないで！　そう言ってやりたいけど、声を出すわけにはいかない。悔しい！

そこへ、ダイゴが飛び込んでくる。続いて、ジョージとアラシがやってくる。
ジョージはアラシの背中に何かを突きつけている。

ダイゴ　（レイに銃を向けて）手を挙げろ、海賊！

レイが砂記の背中に銃を突きつける。アリツネが神林の後ろに回る。

砂記　忘れてた。こっちには刑事さんがいたんだ。
神林　絶妙なタイミングで登場しましたね。そうか。こういう筋書きだったのか。
アリツネ　筋書きって何だ？
神林　気にしないで続けてください。
レイ　（ダイゴに）銃を捨てろ。こいつの頭を吹っ飛ばすぞ。
ダイゴ　バカめ。おまえらの仲間がどうなってもいいのか？

アラシ　俺はこんなヤツらの仲間じゃない！
ジョージ　黙れ！（レイに）仲間を殺されたくなかったら、銃を捨てるんだ。
レイ　ゴリラを仲間にした覚えはない。
アラシ　何だと、このやろう。
砂記　（レイに）その人を助けに来たんじゃないの？
レイ　私たちの目的はアシュラの戦闘機だけだ。
ジョージ　仕方がない。こいつには死んでもらおう。（アラシに）悪く思うなよ。

ジョージが持っていた物をアラシのこめかみに当てる。それはフライ返し。

アリツネ　珍しい武器だな。
ジョージ　しまった。焦ってて、間違えた。
砂記　わざとじゃないでしょうね？
ジョージ　すいません、刑事さん。
ダイゴ　もういい。テスト生、かわいそうだが、死んでくれ。
砂記　今、何て言いました？
ダイゴ　俺の銃は特別製だ。おまえ一人ぐらいなら、楽勝でぶち抜く。
星　砂記を犠牲にするつもりですか？
ダイゴ　多少の犠牲はつきものだ。一人の命を助けるために、海賊を逃がしたら、次には千人の命

砂記　を奪うだろう。一人で済むなら上出来だ。
神林　筋は通ってるけど、納得したくない。
星　バカ、作戦だよ。そう言って、敵がひるんだ隙に、反撃するつもりなんだ。
ダイゴ　どうして敵の前で解説するんです。刑事さん、作戦を変更してください。
レイ　作戦じゃない。俺は本気だ。
砂記　噂通りだな。海賊課は市民の命を何とも思ってない。
神林　嘘でしょう、刑事さん？　嘘だって言ってよ。
砂記　大丈夫だよ、小松君。銃は二つともニセモノなんだ。たぶん。
ダイゴ　本物だったらどうするの？
砂記　覚悟を決めてくれ。
レイ　イヤだ！　まだ死にたくない！
ダイゴ　頭を冷やせ、海賊課。おまえに私は撃てない。
マリナ　試してみるか。
　もう我慢できない。砂記が撃たれるぐらいなら、死んだ方がマシだ。私が声を出そうとした、その時——
星　刑事さん、海賊を撃ってください！

星が砂記を突き飛ばす。ダイゴがレイに銃を向ける。と、ダイゴと星が倒れる。

ジョージ　何やってるんだ、二人とも。
ダイゴ　誰かが俺を突き飛ばした。
星　僕もです。誰かに足を蹴られました。
アラシ　俺じゃないぞ。
ジョージ　わかってるよ。しかし、他のヤツだって、動いてないのに。
レイ　（ダイゴに）だから、言っただろう。おまえに私は撃てない。
ダイゴ　クソー！

ダイゴがレイに銃を向ける。と、また倒れる。レイがダイゴの手を撃つ。ダイゴの手から銃が落ちる。

砂記　ダイゴさん！
アリツネ　（ダイゴに）残念だったな。
神林　いっぱい血が出てる。本物だ。
アラシ　（ダイゴに）おまえ、下手クソだな。
ダイゴ　誰かが俺の尻を蹴った。
ジョージ　だから、誰も動いてないって言ってるでしょう。
マリナ　ジョージがそう言うのも無理はない。が、私には見えた。アリツネが、目にも留まらぬスピードで動くのが。もう一度、スローモーションで見てみよう。

全員が元の位置に戻る。

レイ　（ダイゴに）だから、言っただろう。おまえに私は撃てない。

ダイゴ　クソー！

アリツネ以外の動きがスローモーションになる。アリツネがダイゴの尻を蹴って、元の位置に戻る。
レイがダイゴを撃つ。

マリナ　以下、省略。

レイ　（ダイゴに）銃をこっちによこせ。何度やっても同じことだ。

砂記　どうして？　ダイゴさんに何をしたのよ。

レイ　見せてやれ、アリツネ。

アリツネ　おまえら、よく見てろよ。

マリナ　しつこいようだが、スローモーションで見てみよう。

アリツネ以外の動きがスローモーションになる。アリツネがダイゴの銃を拾って、元の位置に戻る。

神林　あれ、銃がない。いつの間に？

アリツネ　だから、よく見てろって言っただろう。

レイ　これ以上の抵抗は無駄だ。アリツネは、おまえたちより何倍も早く動ける。
ジョージ　（アリツネに）あんた、サイボーグか？
アリツネ　確かに、普通の人間にはできないだろうな。ＳＳマシンを作ることは。
砂記　何よ、それ。
アリツネ　正式名称はスーパー・スピードアップ・マシン。要するに、加速装置だ。
砂記　ダサイ名前。
アリツネ　え？　ダサイかな？
レイ　諸君が選べる道は一つしかない。おとなしくこちらの指示に従うか、仲良くあの世へ行くか。好きな方を選ぶがいい。
アラシ　（ダイゴに）俺のリングを外せ。あんなヤツら、ブン殴ってやる。
ダイゴ　信用できるか。
アラシ　何度言えばわかるんだ。おまえも海賊だ。俺は海賊じゃない。
レイ　どうした。仲間割れか。
アラシ　うるさい！　撃つなら早く撃て！
レイ　よし、おまえはあの世へ行く方を選ぶんだな。（と銃をアラシに向ける）

そこへ、良介がやってくる。が、すぐに引き返そうとする。

アリツネ　ちょっと待て。

良介　俺は何も見なかったことにする。だから、見逃してくれ。
星　僕たちを助けに来てくれたんじゃないんですか？
ジョージ　（良介に）おまえ、今まで何をしてたんだ。
良介　昼寝しながら、夢を見てた。露天風呂で、ジョディー・フォスターに背中を流してもらってる夢だ。せっかくだから、続きを見てくる。
レイ　こっちへ来い。おまえにも人質になってもらう。
良介　勘弁してくれよ。俺は争い事が苦手なんだ。
ダイゴ　船を守りたいなら、俺たちと戦え。
良介　冗談じゃない。俺はただのパイロットなんだぞ。
アラシ　本当は怖いんじゃないのか？
良介　ああ、怖い。他のヤツはどうなってもいいが、自分が撃たれるのは御免だ。
星　見損ないましたよ、キャプテン。僕は最後まで戦います。
砂記　星君、落ち着いて。ダイゴさんの手当てをする方が先よ。
ダイゴ　俺なら大丈夫だ。銃がなくても、素手で戦ってやる。
砂記　意地を張るのはやめて。あなたが死ぬのは勝手だけど、私たちまで巻き添えにしないで。
アリツネ　（良介に）俺たちに従うのか、従わないのか。さっさと決めろ。
良介　従うよ。従えばいいんだろう？　その代わりと言っては何だが、命だけは助けると約束してくれ。
星　キャプテン。

レイ　（良介に）いいだろう。

マリナ　四日目、私の船は二人の海賊に乗っ取られた。彼らは「命だけは助ける」と約束した。が、海賊の約束など、信用できるものか。一刻も早く、砂記たちを助けなければ。しかし、私には手も足もないのだ。そんな私に、一体何ができるというのだろう。

6

コントロール・センター。レイとアリツネが乗組員たちを一カ所に集める。

レイ　諸君に対する要求は、たった一つだ。私たちの邪魔をしないこと。これさえ守ってくれれば、余計な血は流さずに済む。

砂記　わかった。言う通りにするから、医務室へ行かせて。ダイゴさんの手当てをしたいの。

レイ　この部屋から出ることは禁止する。

神林ジョージ　そんなの、無茶苦茶ですよ。ここには薬も包帯もないんだ。

砂記　タオルでよければ、ラウンジにあるけど。

レイ　そうか。(レイに) ラウンジだったら、いいでしょう? すぐ隣だし。

砂記　よし、許可しよう。ただし、おまえはここに残れ。

レイ　どうしてよ。

星　目つきが気に入らない。「私は世界で一番正しい」と思い込んでる目つきだ。

砂記　当たってます。

うるさい! じゃ、誰ならいいのよ。

レイ　（ジョージに）おまえが行け。
ジョージ　お嬢さん。オイラをなめると、後で泣きを見るぜ。
レイ　何か言ったか？
ジョージ　（ダイゴに）刑事さん、行きましょう。
アラシ　俺も行く。海賊のそばにいると、気分が悪くなるんだ。
ダイゴ　おまえも海賊だろう。
アラシ　しつこいぞ、ダイゴ。
ダイゴ　俺の名前を呼び捨てにするな。
ジョージ　はいはい。この際、どっちでもいいから、早く。

ジョージ・ダイゴ・アラシが去る。

アリツネ　（良介に）あんた、船内システムのパスワードを知ってるよな？
星　答えちゃ駄目ですよ、キャプテン。
アリツネ　（銃を星に向けて）答えないと、こいつの頭が吹っ飛ぶぞ。
良介　わかってるよ。パスワードは「命くれない」だ。
神林　キャプテン。嘘をつくなら、もう少しマシな嘘をついてください。
アリツネ　レイ、システムに入れたぞ。
神林　え？　マジ？

マリナ　せっかく新しいのに変えたのに、どうして良介にはわかったのだろう。
レイ　(アリツネに)よし、急いで格納庫の位置を調べろ。
星　(良介に)あなたって人には、誇りってものがないんですか?
良介　やかましい。
神林　星君、君にはキャプテンの気持ちがわからないのか?　キャプテンは——
良介　おまえもやかましい。コンピューターを見習って、しばらく静かにしてろ。
砂記　そう言えば、さっきからやけに静かですね。きっと、海賊が怖くて、口がきけないんですよ。そんな人を見習っても、意味ないんじゃないですか?
レイ　今、何て言った。誰を見習うって?
マリナ　大事なことを忘れていた。砂記には、私がコンピューターのふりをしていることを説明してなかった。
レイ　(砂記に)説明しろ。誰を見習うって言ったんだ。
神林　もちろん、あなたですよ。大の男を顎で使ったり、顔色も変えずに人を撃ったり。小松君も、大きくなったら、こんな人になれるといいね。
砂記　神林さん、何を言ってるんですか?
レイ　(神林に)まじめに答えろ。私は誰の話をしていたか、聞いてるんだ。
マリナ　まずい。海賊の注意を逸らすために、私はモニターを切った。
アリツネ　(画面を見て)あれ、おかしいな。
レイ　今度は何だ。

アリツネ　いきなりモニターがダウンした。やけに言うことを聞かないと思ったら、最初からイカレてやがったんだ。
レイ　もういい。私が直接見てくる。（砂記に）格納庫まで案内しろ。
星　ちょっと待てよ。あんたは「邪魔するな」と言っただけだ。「協力しろ」とは言ってない。
良介　バカ。屁理屈をこねるな。
星　しかし——
良介　「長い物には巻かれろ」って言うだろう。小松、レイ様をご案内してこい。
砂記　はい。星君、私は大丈夫だから。
星　気をつけろよ。
神林　そして、二人は見つめ合った。
星　余計なナレーションを入れないでください。
レイ　（砂記に）早くしろ。
マリナ　私は二人の後を追った。もちろん、砂記のことが心配だったからだ。砂記が海賊に撃たれそうになったら、近くのハッチを開けてやる。そうすれば、海賊を宇宙に放り出すことができる。でも、そんなことをしたら、砂記まで放り出しちゃうぞ。どうしよう。

レイと砂記が去る。後を追って、マリナも去る。

アリツネ　（三人に）ＳＳマシンのスイッチは入ってるからな。変な気は起こすなよ。

良介　心配するな。俺は負けるとわかってる賭けは、しないことにしてるんだ。
星　あなたって人は、最低の人間ですね。
神林　星君、今の一言はひどすぎるな。年上の人間として、ここは一つ、マジで忠告させてもらうよ。キャプテンには、船の安全と乗組員の命を守る責任がある。そのために、あくまでも無抵抗を貫こうとしてるんだ。
星　違いますよ。キャプテンが守りたいのは、自分の命だけです。
良介　それのどこが悪い。
星　悪いに決まってるじゃないですか！
アリツネ　うるさい！　人が仕事をしてる時に、大声で喧嘩するな！　しかも、仲間同士で！
神林　まあまあ、そうピリピリしないで。やっぱり、一人だと心細いですか？
アリツネ　どういう意味だ？
神林　いや、別に深い意味はありませんよ。アハハ。
アリツネ　おまえ、さっきも何か言ってたな。俺がレイに顎で使われてるって？
神林　さあ、記憶にございません。
アリツネ　俺は記憶にあるんだよ。（と神林の襟をつかむ）
良介　「乱暴はしない」って約束じゃなかったか？
アリツネ　レイは、「命だけは助ける」と言ったんだ。骨の一本や二本折れても、約束違反にはならない。（と神林の腕を捩じり上げる）
神林　いたたたた。

星　（アリツネに）やめろ。本当のことを言われたからって、神林さんに八つ当たりするな。
アリツネ　俺は元々、一匹狼なんだ。レイの部下でもなければ、アシュラの部下でもない。この仕事だって、たまたま暇だったから、引き受けただけだ。（と神林を突き飛ばす）
神林　ごめんなさい。謝りますから、許してください。
アリツネ　二度と生意気な口がきけないようにしてやる。（と神林に銃を向ける）
星　やめろ！（とアリツネに飛びかかる）
良介　バカ野郎！

良介が星の足を蹴る。星がつまずく。良介が星を殴る。星が倒れる。

神林　（良介に）どうして星君を殴るんです。
良介　勝手に突っ走られたら、こっちが迷惑するんだよ。

良介が星を蹴る。星が転がる。

神林　（良介を押さえて）キャプテン、もうやめてください。
良介　（星に）正義の味方を気取るのも、いい加減にしろ。
星　僕はあなたを軽蔑します。
良介　何とでも言え、バカ野郎。

アリツネ　(星に) 立派なキャプテンでよかったな。
神林　(駆け寄って) 大丈夫か、星君。
星　触らないでください。
アリツネ　殺し合いがしたかったら、いつでも銃を貸してやるぞ。
神林　刺激するようなこと、言わないでください。
良介　腰抜けは黙ってろ。
神林　ひどい。あなたこそ腰抜けじゃないですか。しまった。口が勝手に、思ってもいないことを。キャプテン、今のは減点ですか?
良介　星はマイナス10、神林はマイナス5だ。
神林　とすると、僕の持ち点は19点。合格への道は遠くなるばかりだ。

マリナがやってくる。

マリナ　その頃、砂記と海賊は格納庫にたどり着いた。すぐに、アシュラの戦闘機の中へ入っていく。が、私は中に入れなかった。私の船内システムは、戦闘機のコンピューターとは接続されていない。だから、中の様子は、砂記の胸についている通信機を通して、聞くしかなかった。

戦闘機の中。レイと砂記がやってくる。

レイ　両手を壁につけろ。
砂記　はいはい。（と両手を壁につけて）次は何をすればいいですか？
レイ　何もするな。そこでジッとしてるんだ。（と計器のチェックを始める）
砂記　どこも壊れてないわよ。昨日の昼休みに、一通り調べた。
レイ　おまえ、この機械に触ったのか？
砂記　何よ、怖い顔して。
レイ　触ったのかと聞いてるんだ。
砂記　だって、興味があったんだもの。海賊の戦闘機なんて、生まれて初めて見たから。
レイ　撃ち殺されないだけ、ありがたいと思え。
砂記　わからないな。こんな古臭い戦闘機に、何の価値があるの？　わざわざ取り戻しに来たりしないで、最新式のを買えばいいのに。
レイ　機械っていうのは、新しければいいってもんじゃない。何年も使ってるうちに、仲間みたいな気がしてくるんだ。
砂記　その古臭い銃も？
レイ　（銃を突き出して）三年前にアシュラにもらった。今では私の親友だ。
砂記　銃が親友なんて、淋しいわね。
レイ　気が強すぎて、友達が一人もできないヤツよりはマシだ。
砂記　悔しい！

レイ　本当に一人もいないのか。かわいそうに。
砂記　あなたに同情される覚えはないわ。そう言えば、アシュラってどんな人なの？　ダイゴさんは政治家だって言ってたけど、本当？
レイ　私が答えると思うか。
砂記　ひょっとして、あなたも知らないんじゃないの？
レイ　下手くそな誘導尋問はやめろ。そんなにアシュラのことが知りたかったら、海賊になればいいんだ。テストを受ける必要もない。
砂記　冗談言わないでよ。誰が海賊なんか。
レイ　（砂記に銃を向ける）
砂記　イヤだ、怒ったの？
レイ　どこへやった。
砂記　へ？
レイ　ボイス・レコーダーの中身だ。どこへやった。
砂記　知らないわよ。ボイス・レコーダーなんて、触ってないし。
レイ　嘘をつくな。
砂記　本当だってば。
レイ　ジッとしてろ。（と砂記の体を調べる）
砂記　（身をよじって）何するのよ、エッチ。
レイ　おかしな踊りを踊るな。私はジッとしてろと言ったんだ。

砂記　無理よ。だって、くすぐったいんだもの。
レイ　（通信機に）アリツネ、聞こえるか。アリツネ！

コントロール・センター。

アリツネ　（通信機に）怒鳴らなくても、聞こえてるよ。何かあったのか。
レイ　（通信機に）人質全員の身体検査をしろ。
アリツネ　（通信機に）何のために？
レイ　（通信機に）ボイス・レコーダーの中身がない。誰かが外へ持ち出したんだ。
マリナ　ボイス・レコーダーとは、操縦室の中の音を自動的に録音する機械のことだ。海賊がそれにこだわる理由は、たった一つ。警察に知られたら困る会話が、録音されているのだ。

レイと砂記が去る。後を追って、マリナが去る。

7

コントロール・センター。アリツネが三人に銃を向ける。

アリツネ　おまえら、そこに一列に並べ。

良介と神林が並ぶ。星は動かない。

神林　おい、星君。
星　海賊の指図は受けたくありません。
アリツネ　何だと？
良介　（星に）ガキじゃないんだから、いつまでも拗ねるな。もう一発、殴られたいのか？
星　殴りたければ、殴ればいいでしょう。さあ、どうぞ。
神林　まさかとは思うけど、星君は他人に殴られるのが好きなの？
星　そんなわけないでしょう。
神林　でも、今の発言を聞いたら、みんなそう思うよ。アリツネさんなんか、君を見る目つきが

星　完全に変わっちゃった。誤解を解くためには、素直に立った方がいいんじゃない？
アリツネ　わかりましたよ。（と並んで、アリツネに）誤解は解けましたか？
良介　いや、かえって深まった。（良介に）ラウンジのヤツらを呼んでこい。
アリツネ　神林、おまえが行け。
良介　俺はおまえに命令したんだ。
　　俺は他人に命令されるのが大嫌いなんだ。でも、今は我慢する。

良介が去る。

神林　神林さん、僕はこの試験を辞退します。あんな人がいる会社には、入りたくありません。
星　まあまあ、そうヤケにならないで。星君はパイロットになりたいんだろう？　だったら、やっぱりハリマが一番だよ。会社は大きいし、給料も高いし。ところで、星君の持ち点はいくら？
星　88点です。
神林　88点？　星君、僕はやっぱり、辞退に賛成だな。
アリツネ　その前におまえが辞退したらどうだ、19点。
神林　あなたは横から口を出さないでください。

そこへ、良介・ダイゴ・アラシ・ジョージがやってくる。

ジョージ　（アリツネに）まだ手当てが終わってないんですけど。
アリツネ　いいから、そこに一列に並べ。
アラシ　ラインダンスでも踊れって言うのか？
ダイゴ　もしそうだとしても、おまえだけは踊らないでくれ。
ジョージ　（星に）あれ？　その顔はどうしたんだ？　海賊にやられたのか？
星　違います。僕のことは気にしないでください。

全員が一列に並ぶ。

アリツネ　この中に、アシュラの戦闘機に触ったヤツはいるか。
良介　（手を挙げて）俺は中を一通り調べた。積荷の点検はパイロットの義務だからな。
ダイゴ　（手を挙げて）俺も調べた。刑事が証拠品を調べて、何が悪い。
アラシ　（手を挙げて）俺はちょっとだけ動かした。大衆食堂から、十メートル。
アリツネ　捕まった後は。
アラシ　動かせるわけないだろう。（ダイゴを示して）こいつがいるのに。
ジョージ　（手を挙げて）実を言うと、ちょっとだけ操縦席に座った。海賊の気分が味わいたくて。
良介　何やってるんだ、おまえは。
神林　（手を挙げて）すいません、僕も座りました。

良介　神林、おまえもか。
星　（手を挙げて）僕も。
神林　見損なったぞ、星君。
良介　おまえに星を責める権利はない。星はマイナス3、神林はマイナス5だ。
神林　これで、僕の持ち点は14点。神林危うし。
アリツネ　ということは、この中の誰かが持ってるんだな。ボイス・レコーダーの中身を。
アラシ　（手を下ろして）そんなの、知るもんか。
ダイゴ　（手を下ろして）俺もだ。

良介・神林・星・ジョージが次々と手を下ろす。

ジョージ　（アリツネに）いないようですね。
アリツネ　まあいい。おまえらの体を調べればわかることだ。（と探知機を取り出す）
神林　え？　まいったな。最近、お手入れしてないのに。（と服を脱ぐ）
アリツネ　おまえ、何をしてる。
神林　だって、身体検査でしょう？　協力しようと思って。
アリツネ　服を脱ぐ必要はない。
神林　えー？
ジョージ　残念そうだな。

アリツネが探知機で乗組員の体を調べ始める。神林は脱いだまま。

アラシ　(神林に) 早く服を着ろよ。レディーがいるんだぞ。
ダイゴ　誰がレディーだ。殴るぞ。
アラシ　何でだよ。
神林　(アリツネに) あの、服を着てもいいですか？
星　いいに決まってるでしょう。ほら、早くチャックを閉めて。
アリツネ　(ダイゴに) おまえ、何か持ってるな？
ダイゴ　銃なら、おまえが取り上げただろう。
アリツネ　誰かこいつを押さえろ。

神林・アラシ・ジョージがダイゴを押さえる。

ダイゴ　やめろ！　放せ！
アリツネ　(ダイゴの服からカードを取り出して) これは何だ。レコーダーから取り出したんじゃないのか？
ダイゴ　それは俺の物だ。返せ。
アリツネ　ごまかしても無駄だ。確認させてもらうぞ。

ダイゴ　やめろ！

アリツネがカードをスロットに入れて、キーを叩く。録音された声が流れる。

声　頑張れ、ダイゴ。偉いぞ、ダイゴ。おまえは宇宙一の刑事だ。

ジョージ　これ、刑事さんの声じゃないか？

ダイゴ　そうだ。落ち込んだ時に、こいつを聞いて、自分を励ましてるんだ。

アラシ　おまえ、意外と暗いんだな。

ダイゴ　俺には「頑張れ」って言ってくれる相棒がいないんだ。同僚のヤツらはみんな、俺と組むのをイヤがるんで。

アラシ　それは、おまえが短気だからだよ。

ダイゴ　確かに俺は短気だ。しかし、同僚に迷惑をかけたことは一度もない。それなのに、食堂へ行って飯を食ってると、いつの間にか、俺のテーブルから人がいなくなるんだ。食い終わって部署へ戻ると、俺の机の上に花が飾ってあるんだ。それも決まって彼岸花だ。先月なんか、みんなで一斉に休むから「風邪でも流行ってるのかな」と思ったら、慰安旅行に行ってたんだと。土産に温泉卵をもらったけど、食べてるうちに涙が出てきた。

アラシ　なんだか、かわいそうになってきちゃったな。よかったら、俺が相棒になってやろうか？

ダイゴ　殴るぞ。

アラシ　何でだよ。

アリツネ　まぎわらしい物を持ち歩くな。（とカードを渡す）

アリツネがまた調べ始める。乗組員たちは必死で笑いを堪える。

ダイゴ　何だ、おまえら。笑いたければ、正々堂々と笑え！

乗組員たちが大声で笑う。

アリツネ　うるさい！　人質のくせに、能天気に笑うな！
ジョージ　もう戻っていいですか？　手当ての続きをしたいんで。
アリツネ　勝手にしろ。
良介　俺も行っていいか？　そろそろコーヒーを飲まないと、気が狂いそうだ。
神林　僕たちを置いていくんですか？
星　（良介に）助かりますよ。これ以上、あなたの顔を見ていたくない。
アリツネ　うるさい。（良介たちに）さっさと行け。

良介・ダイゴ・アラシ・ジョージが去る。
通路。レイと砂記がやってくる。後から、マリナもやってくる。

アリツネ　(通信機に) レイ。今、どこにいる。

レイ　(通信機に) そっちへ戻る途中だ。そんなことより、カードは見つかったか。

アリツネ　(通信機に) いや、人質のヤツらは誰も持ってなかった。

砂記　(通信機に) 乱暴な真似、してないでしょうね？

アリツネ　(通信機に) 俺はしてない。キャプテンは星とかいうテスト生をボコボコにしたが。

レイ　(通信機に) 何ですって？

砂記　おまえは横から口を出すな。(通信機に) 本当に全員調べたんだろうな？

アリツネ　(通信機に) もちろんだとも。おまえ、俺を疑うのか？

神林　あれ？　そう言えば、モトコさんは？

星　神林さん。

アリツネ　そうか、忘れてた。(通信機に) レイ、医務室にいた、ひょろ長い女を覚えてるか。

レイ　(通信機に) あいつか。私は今から医務室へ行く。おまえはあいつが何者か、調べろ。

アリツネ　(通信機に) オーケイ。

レイと砂記が去る。アリツネがキーを叩き始める。

マリナ　その頃、モトコさんは居住区の通路にいた。ランドリー・ルームを出て、医務室へ向かう途中だった。

通路。モトコがやってくる。

マリナ　モトコさん、逃げて。海賊があなたを探しに来るわ。
モトコ　本当に？　二人とも来るの？
マリナ　女の方だけよ。砂記も一緒にいる。
モトコ　マリナさん。一つ頼みがあるんだけど。
マリナ　わかってるわよ。あなたが隠れられそうな場所を教えればいいんでしょう？　砂記だったらどこでも大丈夫だけど、あなたみたいな大女は——
モトコ　早とちりしないで。私が頼みたいのは、別のことなの。
マリナ　別のこと？
モトコ　説明するから、ついてきて。

モトコが去る。反対側から、レイと砂記がやってくる。

レイ　（通信機に）アリツネ、医務室は空っぽだ。モニターを復帰させて、あの女の居場所を探せ。私はすぐにそっちへ戻る。
アリツネ　（通信機に）その前に、あの女の正体を聞きたくないか。
レイ　（通信機に）医者か？　それとも、カウンセラーか？
アリツネ　（通信機に）両方ハズレだ。名前はアラカワモトコ。所属は火星警察の鑑識課だ。

レイ　あの女、ボイス・レコーダーの中身を解析してたのか。
砂記　モトコさんをどうするつもり?
レイ　おとなしく渡せば、何もしない。
アリツネ　(通信機に)レイ、モニターが復帰したぞ。
レイ　(通信機に)ずいぶん早いな。
マリナ　それは私の仕業だった。モトコさんに頼まれて、わざと復帰させたのだ。
アリツネ　(通信機に)いたぞ!
レイ　(通信機に)どこだ。
アリツネ　(通信機に)レイ。その場でゆっくり、十数えろ。
レイ　(通信機に)なぜだ。
アリツネ　(通信機に)いいから、十数えるんだ。ダルマさんが転んだでいいから。
レイ　ぼんさんが屁をこいた。

そこへ、モトコがやってくる。

レイ　(銃を構えて)動くな!
砂記　モトコさん、逃げて!

砂記がレイに飛びかかる。レイが砂記を突き飛ばす。

モトコ　やめて！　私は逃げないから、小松さんに手を出さないで。
砂記　モトコさん。
モトコ　（レイに）あなたが探してるのは、これでしょう？（とカードを出す）
レイ　こっちに来い。
モトコ　ダメ。足が固まっちゃって、動けない。
レイ　意気地のない女だな。（とモトコに近づく）

モトコが叫び声をあげて、走り去る。後を追って、レイが走り去る。後を追って、砂記が走り出すと、目の前に非常用シャッターが下りてくる。砂記がぶつかる。

砂記　痛い！　どうしてシャッターを下ろすのよ。
マリナ　あなたに話があるのよ。
砂記　ママの話なんか、聞いてる暇はないの。急いでモトコさんを助けに行かなくちゃ。
マリナ　あの人のことは心配しなくて大丈夫。
砂記　どうしてママにわかるのよ。いいから、早くシャッターを上げて。上げないと、怒るわよ。
マリナ　もう怒ってるじゃない。
砂記　当たり前よ。ママはコンピューターのふりをしていれば、殺される心配はない。でも、私たちはいつ殺されるかわからないのよ。

マリナ　あなたたちは、私が必ず守ってみせる。
砂記　ママなんか当てにできるもんですか。お願いだから、シャッターを上げてよ。
マリナ　それはできない。モトコさんに頼まれたから。
砂記　何を？
マリナ　あなたを海賊から引き離してくれって。急いでランドリー・ルームへ行って。
砂記　どうしてよ。
マリナ　いいから、早く行きなさい。理由は途中で説明するから。

マリナと砂記が去る。

8

コントロール・センター。アリツネが通信機でレイから報告を受けている。

アリツネ　おまえらにいい報せがある。鑑識課の女はレイが捕まえたぞ。
神林　僕のせいだ。僕が口を滑らせたばっかりに。
アリツネ　そうだ、おまえのせいだ。キャプテンにバレたら、また減点だぞ。
神林　マイナス5とすると、僕の持ち点は9点。神林、絶体絶命。
星　（アリツネに）カードが手に入ったら、次は何をするつもりだ。この船を爆破して、逃げるのか？
神林　物騒なこと言うなよ。「命だけは助ける」って約束じゃないか。
星　海賊が約束なんか守るもんですか。
神林　そんなことはない。ほら、アリツネさんを見てみろ。この顔が、人を殺せるような顔か？
　本当は優しくて、ちょっぴり甘えん坊さんなんだよ。
アリツネ　勝手に俺の性格を決めるな。
星　（神林に）なぜレイさんが格納庫へ行ったと思うんです。アシュラの戦闘機が動かせるか

神林　どうか、確かめるためですよ。
しかし、格納庫から発進できるかな。もしできたとしても、この船がバラバラになる可能性がある。

星　バラバラになって困るのは、僕たちだけです。

そこへ、レイとモトコがやってくる。レイはモトコに銃を突きつけている。

神林　嘘つき。

モトコ　私が？

神林　モトコさんじゃない。後ろのあなたです。

レイ　何のことだ。

神林　この船をバラバラにして、逃げるつもりなんでしょう？「命だけは助ける」なんて、やっぱり嘘だったんですね？

レイ　アリツネがそう言ったのか？

アリツネ　俺は何も言ってない。

レイ　諸君の誤解だ。私はこう見えても、正直な海賊で通ってるんだ。

星　じゃ、砂記はどうした。なぜ一緒に戻ってこない。

モトコ　途中ではぐれちゃったのよ。今頃は、トイレかどこかに隠れてるんじゃない？

アリツネ　（レイに）あの小娘を一人にしておいていいのか？

レイ　ガキに何ができる。（モトコに）さあ、カードを渡してもらおうか。

モトコがカードを差し出す。アリツネが手を伸ばすが、レイが先に取る。

レイ　私が確認する。おまえには、アシュラの声がわからないだろう。
アリツネ　それはそうだが――
レイ　私がやると言ってるんだ。（とカードをスロットに入れる）

マリナがやってくる。

マリナ　その頃、砂記はランドリー・ルームに着いたところだった。

ランドリー・ルーム。砂記がやってくる。洗濯カゴを持っている。

砂記　持ってきたわよ。まさか、これを洗濯しろって言うんじゃないでしょうね？
マリナ　違うわ。そのカゴの中を探して。
砂記　どうして、よりによってこんな所に？
マリナ　いいから早く。
砂記　イヤになっちゃうな、もう。（と探して）この汗臭さ、何とかしてよ。

マリナ　そんなに匂う？　私は、匂いだけはわからないんだ。
砂記　すごくいい匂い。これがわからないなんて、かわいそうね。
マリナ　顔が引きつってるわよ。
砂記　（パンツを取り出して）ギャー！
マリナ　パンツぐらいで大騒ぎしないの。
砂記　それが娘に向かって言う言葉？
マリナ　試験中は親子だってこと、忘れるんじゃなかったの？
砂記　失礼しました、ブレイン。（とパンツを取り出して）ヒャー！
マリナ　遊んでないで、ちゃんと探しなさい。
砂記　遊んでるわけじゃないわよ。（とカードを取り出して）あった！
マリナ　そう、それよ。よく頑張ったわね、砂記ちゃん。
砂記　誉めなくていいわよ。で、次は何をすればいいの？
マリナ　格納庫に行って。行く前に、ちゃんとカゴを片付けるのよ。
砂記　言われなくても、わかってます。

マリナと砂記が去る。
コントロール・センター。レイがキーを叩く。

レイ　（モトコに）おまえ、パスワードを変えたな？

モトコ　私がただで渡すと思った？　鑑識課のサンドラ・ブロックをなめないで。
神林　それはさすがに言い過ぎでしょう。せめて、鑑識課の東京タワーぐらいにしておかないと。
モトコ　いいじゃない。自分でそう思ってるだけなんだから。
アリツネ　レイ、俺にやらせろ。十秒で直してみせる。（とキーを叩く）
レイ　（モトコに）どこまで解析したんだ。まさか、アシュラの声を聞いたのか。
星　やっぱりそうか。あんたたちがボイス・レコーダーにこだわってるのは、アシュラの声を聞かれたくないからなんだな？
レイ　アシュラは自分の声や姿を他人に知られたくないそうだ。
神林　意外と、恥ずかしがり屋なんですね。
星　違いますよ。正体がバレたら、次の選挙に出られなくなるじゃないですか。（モトコに）アシュラの声はどんな声でした？　マユムラって政治家の声に似てませんでしたか？
モトコ　悔しいけど、まだ聞いてないの。パスワードがいくつもあるから、手こずっちゃって。
アリツネ　レイ、できたぞ。
神林　早い。さすがは本当の性格を隠して海賊になった男。
アリツネ　勝手に俺のキャッチフレーズを作るな。
神林　ごめんなさい。

レイがスピーカーに耳を近づけて、キーを叩く。

アリツネ　（モトコに）警察のレベルもたかが知れてるな。
星　あなた、さっきこう言いましたよね？　この仕事は、たまたま暇だったから、引き受けたって。一体いくらで引き受けたんです。
神林　そんなことを聞いて、どうするんだ。
星　（アリツネに）アシュラが提示した金額の二倍出しましょう。そのかわり、僕たちを助けるって約束してください。
アリツネ　おまえにそんな金があるのか？
星　僕にはないけど、父に頼めば何とかしてくれます。僕はアシュラの正体を暴きたいんです。海賊が火星の大統領になるなんて、我慢できないんです。
アリツネ　おまえ、刑事が言ったことを本気にしたのか？
モトコ　じゃ、アシュラの正体はマユムラじゃないの？
アリツネ　俺が言うわけないだろう。
モトコ　本当は知らないんじゃないの？　アシュラの声も聞いたことないんでしょう？
アリツネ　うるさい。（と銃を向ける）
モトコ　図星だったようね。
レイ　（キーを叩いて）アリツネ。おまえも聞いてみろ。どうせなら、こいつらにも聞かせてやれ。
アリツネ　なぜだ。
レイ　聞けばわかる。

アリツネがキーを叩く。録音された声が流れ始める。

声　アー、アー。ただ今、マイクのテスト中。

アリツネ　緊張感のない声だな。

声　それでは歌います。

アリツネ　なぜ歌う。

声　はいはい、やめるよ。やめればいいんだろう？　それでは、早速、本題に入ります。パセリ、セージ、ローズマリーにタイム。ナツメグ、シナモン、ガラムマサラにオレガノ。塩と胡椒とよく炒めた玉ネギ。ココアとバターとカレー粉。そして、最後にたっぷりの愛情。

神林　おかしいな。この声、どこかで聞いた気がする。

そこへ、ジョージがやってくる。

ジョージ　俺の声だよ。俺の秘伝のカレーの作り方を、よくもバラしてくれたな。

モトコ　ごめんなさい。私が勝手に借りたんです。

ジョージ　モトコさんが？　だったらいいや。

神林　「たっぷりの愛情」って、具体的には何ですか？

ジョージ　秘密だよ。

ジョージが去る。

レイ　（モトコに）ふざけた真似をしてくれるじゃないか。
モトコ　気づくのが遅すぎるんじゃない？　海賊のレベルもたかが知れてるわね。
アリツネ　レイ、ここまでバカにされて、黙ってるのか？
レイ　本物を渡してもらえばいいことだ。そうだろう、鑑識課。
モトコ　私が素直に渡すと思う？
レイ　渡すしかないさ。アリツネ、エンジン・ルームの気圧を上げろ。
アリツネ　なるほど、そういうことか。（とキーを叩く）
星　やめろ。この船を爆発させるつもりか？
レイ　（モトコに）渡したくなければ、それでもいい。おまえたちはこの船と一緒に粉々になるんだ。
星　汚いぞ。
レイ　偽物を渡す方が汚いんじゃないのか？

マリナがやってくる。

マリナ　その頃、砂記はアシュラの戦闘機に乗り込んでいた。

戦闘機の中。砂記がやってくる。カードを持っている。

マリナ　（通信機に）ブレイン、コントロール・センターの様子はどうですか？

砂記　海賊のパスワードが一つだけわかった。モトコさんが偽物のカードを渡して、海賊にアクセスさせたのよ。

マリナ　（通信機に）なるほどね。（とカードをスロットに入れて）さあ、パスワードを教えてください。

砂記　「ラブ・イズ・オーバー」

マリナ　（通信機に）ひどい冗談はやめて。全然笑えない。

砂記　だって、本当なんだもの。「ラブ・イズ・オーバー」よ、早くして。

マリナ　（通信機に）違ってたら、怒るからね。（とキーを叩いて）本当だ、動き始めた。

砂記　レイさんの一番好きな言葉なのよ。たぶん、ひどい失恋をしたのね。

マリナ　（通信機に）どうでもいいわ、そんなこと。（とキーを叩いて）あれ？　このパスワードじゃ、声の再生はできないって。

砂記　次のパスワードを考えるのよ。あなたがアシュラの正体を突き止めるの。

マリナ　（通信機に）私が？

砂記　海賊を大統領にさせるわけにはいかない。だから、頑張って。

マリナ　（通信機に）言われなくてもやるわよ。やればいいんでしょう？

コントロール・センター。レイがモトコの胸ぐらをつかみ、突き飛ばす。

レイ　（モトコに）全く頑固な女だな。アリツネ、鑑識課の体を調べろ。
モトコ　私に脱げって言うの？
神林　待ってください。かわりに、僕が脱ぎましょう。（と服を脱ぐ）
アリツネ　だから、脱ぐ必要はないんだってば。（と探知機を取り出す）
星　（神林に）あなたって人は、そんなに裸が見せたいんですか？
神林　変態扱いしないでくれよ。僕は君とは違う。
星　僕だって、変態じゃありません。
アリツネ　（モトコを調べて）レイ、こいつ、持ってないぞ。
レイ　（モトコに）どこに隠した。
モトコ　自分で探せばいいでしょう？
レイ　アリツネ、もっと気圧を上げろ。
星　（アリツネに）やれるものなら、やってみろ。この船が爆発したら、おまえたちも一緒に死ぬんだ。
神林　そうか。（アリツネに）ざまあみろ。
星　（レイに）交換条件にしないか。モトコさんが本物を渡すかわりに、あんたたちは戦闘機を諦める。この船からは、脱出ポッドを使って逃げるんだ。
レイ　アシュラの正体を暴きたいんじゃなかったのか？

星　僕はこの船のパイロットだ。パイロットには、船の安全と乗組員の命を守る責任がある。
神林　モトコさん、この人たちに本物のカードを渡してください。
モトコ　イヤよ。この仕事には、私の未来がかかってるんだから。
レイ　それは私たちも同じだ。この仕事をしくじったら、私もアリツネもアシュラに消される。
星　あんたたちがほしいのは、本物のカードだけだろう？
レイ　誰がそんなことを言った。私はアシュラにかかわるすべての物を取りに来た。それを邪魔する者は皆殺しだ。アリツネ。

アリツネがキーを叩こうとする。星がアリツネに飛びかかる。アリツネが星をかわして、突き飛ばす。
レイが星の肩を撃つ。二発。星が倒れる。

神林　星君！
レイ　キャプテンを連れてこい。ガキの相手はもう飽きた。

神林が去る。

9

戦闘機の中。砂記が手を止める。

砂記　（通信機に）今、何か聞こえた。
マリナ　何かって？
砂記　（通信機に）銃声みたいな音よ、通信機から。（と通信機に耳を当てる）
マリナ　さあ、気のせいじゃない？
砂記　（通信機に）コントロール・センターで何かあったのね？　黙ってないで、教えてよ。教えてくれないと、個室の壁に落書きするわよ。「クソババア」って。
マリナ　わかったわかった。星君が海賊に撃たれたの。でも、撃たれたのは肩だけだから、命に別状はない。
砂記　（カードを取り出して、通信機に）私、行ってくる。
マリナ　待ちなさい。気持ちはわかるけど、カードの解析を優先して。
砂記　（通信機に）でも、星君にもしものことがあったら……。
マリナ　あなた、星君が好きだったのね？

砂記　（通信機に）バカなこと言わないでよ。私のタイプはあんなお坊ちゃんじゃなくて、もっと渋い人なの。たとえば、キャプテンとか。

マリナ　えー？

砂記　（通信機に）ただし、あの出っ張ったおなかだけはノーサンキュー。とにかく、私はコントロール・センターへ行くわ。みんなが戦ってる時に、私だけ隠れてるなんて、もうイヤなの。

マリナ　解析だって、立派な戦いよ。アシュラの正体さえ突き止めれば、こっちが有利になるんだから。

砂記　（通信機に）二人も撃たれたのに、まだそんなこと言ってるの？（とカードを差し出して）こんな物のために、命を賭けるなんて、バカげてるわ。

砂記が去る。

マリナ　待ちなさい、砂記！　砂記！　私は何度も呼びかけたが、砂記を止めることはできなかった。正直に言う。私は、カードの解析を優先させたかったのではない。砂記を危険な目に遇わせたくなかったのだ。

マリナが去る。
コントロール・センター。良介と神林がやってくる。

良介　（レイに）なぜ星を撃った。
レイ　私の邪魔をしたからだ。命を助けてやっただけ、ありがたく思え。
星　殺したければ、殺せばいいだろう。そのかわり、他の人たちは助けてくれ。
良介　バカ野郎！　いつまでカッコつければ、気が済むんだ。
アリツネ　レイ。エンジン・ルームの気圧が安全範囲を越えたぞ。
レイ　爆発までは。
アリツネ　この船はデカイからな。あと十五分だ。
レイ　（良介に）おまえを呼んだのは、他でもない。この船をどうするか、相談したかったんだ。今、アリツネが言った通り、爆発まであと十五分。私としてはすぐにでも気圧を下げたいんだが、そこにいる女がなかなか言うことを聞いてくれない。私のほしい物を、どうしても渡さないと言うんだ。
良介　それで、俺にどうしろと。
レイ　自分で考えろ。銃なら、私のを貸してやるぞ。
良介　その前に、怪我人の手当てをさせてくれ。
レイ　おまえと女は残れ。（神林に）おまえが連れていけ。
神林　星君、しっかりしろ。

星と神林が去る。モトコが良介に近づく。

モトコ　まさかとは思うけど、私を撃ったりしないでしょうね？
良介　ああ。（と首にかけていたロケットを取って）そのかわり、少しの間だけ、眠ってもらう。
モトコ　イヤだ。こんな時に眠れるわけないでしょう？
良介　そんなことはない。（とロケットを揺らして）羊が一匹、羊が二匹。
モトコ　催眠術をかけようって言うの？　私がそんな手に乗ると思ってグー。（と目を閉じる）
良介　意外と早く眠ってくれたな。
モトコ　嘘よ。誰か、助けて！

モトコが走り去る。後を追って、良介・レイ・アリツネが走り去る。ラウンジ。星と神林がやってくる。反対側から、ジョージ・ダイゴ・アラシがやってくる。ジョージはタオルを持っている。

アラシ　また怪我人か？　足手まといは、ダイゴ一人で沢山なのに。
ダイゴ　俺の名前を呼び捨てにするな。（ジョージに）早く手当てをしてやれ。
ジョージ　俺は看護師じゃないのに。（と手当てを始める）
神林　星君、死なないでくれ。
星　大丈夫ですよ。これぐらいの怪我で死ぬもんですか。凄く痛いけど。
神林　よし、他のことを考えるんだ。生きて火星に帰れたら、僕の弟や妹に会わせてやろう。顔

星　を見たらビックリするぞ。みんな、同じ顔なんだぞ。
ジョージ　ちょっと楽しくなりました。
神林　タオルが足りない。クソー、医務室まで行けたら。
ジョージ　船内コンベアは使えないんですか？
神林　使いたいのはやまやまなんだが、マリナが頼みを聞いてくれないんだ。
ジョージ　どうして。
神林　何回呼んでも、「今、忙しいから、また後にして」って。
ジョージ　もう一回、頼んでみましょう。
神林　俺は無駄だと思うよ。
ジョージ　ブレイン！　ブレイン！

そこへ、マリナがやってくる。

マリナ　今、忙しいから、また後にして。（と行こうとする）
神林　そう言わずに、一分だけでいいから、話を聞いてください。
マリナ　悪いけど、今、砂記を追いかけてるところなの。あの子ったら、本物のカードを持って、こっちに向かってるのよ。
ジョージ　でも、とりあえず、死にはしないだろう？　こっちは瀕死の怪我人が二人もいるんだ。急いで、薬と包帯を運んでくれ。

星　運ぶって、どうやって？

神林　聞いてなかったのか？　船内コンベアを使うんだよ。

星　そうか。その手があったか。

コントロール・センター。良介・モトコ・レイ・アリツネがやってくる。

良介　（モトコに向かって、ロケットを揺らしながら）羊が五十五匹、羊が五十六匹。

アリツネ　どうだ、眠ったか？

良介　バカ、大きな声を出すな。

モトコ　助けて！

モトコが走り去る。後を追って、良介・レイ・アリツネが走り去る。

ラウンジ。星の周りに、みんなが集まる。

ダイゴ　ＡＩスーツ？　そんな物を運んで、何に使うんだ。

星　アリツネを倒すんです。

アラシ　バカ。あいつにはＳＳマシンがあるんだぞ。俺たちには、あいつの動きがまるっきり見えないんだ。

星　でも、ブレインには見えます。ブレインがＡＩスーツを操縦すれば、アリツネと同じスピー

神林　ドで戦えるんです。星君、すばらしいアイディアじゃないか。でも、一体誰がＡＩスーツを着るんだ？

全員が神林を見る。

神林　イヤだ！　僕にはできない！
アラシ　ビビッてるのか、おまえ。
神林　僕が死んだら、誰が弟や妹を育てるんです。パイロットにはなりたいけど、海賊と戦うのはイヤです。
ダイゴ　遺族には、補償金がたっぷり出るぞ。
ジョージ　（神林に）アリツネを倒したら、プラス50は固いよな。
神林　とすると、僕の持ち点は64点。でも、死んだら、意味がない。
ジョージ　それでもテスト生か？　意気地なしめ。
ダイゴ　じゃ、あんたがやってくれるか？
ジョージ　俺が死んだら、誰がおいしいカレーを作るんだ。
星　だったら、僕がやります。
アラシ　そんな体で何ができるんだよ。ダイゴ、俺のリングを外せ。
ダイゴ　バカ。おまえなんかが信用できるか。
アラシ　操縦するのは俺じゃないだろう？

ダイゴ　しかし――
ジョージ　刑事さん、他にできる人はいないんですよ。
アラシ　頼むよ、ダイゴ。俺に戦わせてくれ。どうせ死ぬなら、戦って死にたい。俺が海賊なんかじゃないってことを、証明させてくれ。
ダイゴ　バカ野郎！
星・神林　刑事さん！
ダイゴ　わかった。ブレイン、頼む。
マリナ　すぐに運ぶわ。薬と包帯も一緒に。
アラシ　コンベアはどこだ？
神林　あっちです。

全員が去る。
コントロール・センター。良介・レイ・アリツネ・モトコがやってくる。

良介　（モトコに向かって、ロケットを揺らしながら）羊が九十八匹、羊が九十九匹。
アリツネ　（小声で）今度こそ、眠ったみたいだな。
レイ　（モトコに）鑑識課、そろそろ話してもらおうか。
モトコ　私の名前は鑑識課じゃないわ。アラカワモトコ二十四歳、独身、恋人募集中。
レイ　本物のカードはどこにある。おまえはどこまで知ってるんだ。

モトコ　知ってることは知ってるし、知らないことは知らない。
レイ　知ってることだけを話せばいいんだ。
モトコ　牛乳を飲めば背が伸びるって言うけど、それは嘘だって知ってるわ。私はコーラしか飲まなかったけど、こんなに背が高い。
レイ　そんなことを聞いてるんじゃない！
モトコ　本当のことを言うわ。私が警察に入ったのは、刑事のお嫁さんになりたかったからよ。それなのに、誰も相手にしてくれない。だから、仕事に生きることに決めたの。あなたもそうでしょう？
レイ　私に同意を求めるな！
アリツネ　（画面を見て）レイ、モニターを見ろ。
レイ　どうした。
アリツネ　見ればわかる。

レイが画面を見る。
通路。砂記がやってくる。カードを差し出して、お尻を叩く。去る。

レイ　（モトコに）カードはあのガキが持ってたんだな？
モトコ　仕方がないじゃない。私には仕事しかないんだもの。（と泣き出す）
良介　これ以上は無理だ。催眠術が効きすぎた。

レイ　アリツネ、ラウンジのヤツらを見張ってろ。私はあのガキを捕まえてくる。（良介に）おまえも来い。おまえの命とカードを交換するんだ。

レイと良介が去る。反対側から、アラシがやってくる。Aースーツを着ている。

アリツネ　おまえ、その恰好はなんだ。
アラシ　俺と戦え、海賊！

マリナが飛び出す。

マリナ　またまた、スローモーションで見てみよう。

アラシがアリツネに殴りかかる。アリツネがよける。アラシがアリツネをつかむ。

アリツネ　貴様、なぜ早く動ける。
アラシ　教えてやろう。それは、俺が海賊をぶっ殺すために生まれてきたからだ。

アラシがアリツネを殴る。アリツネが倒れる。

アリツネ　そのスーツのせいだな？　ＳＳマシンを甘く見るなよ。まだまだスピードは上げられるんだ。

アラシがアリツネに殴りかかる。アリツネがよけて、アラシを殴る。アラシが倒れる。

マリナ　アラシさん、こっちもスピードを上げるわよ！

アリツネがアラシに殴りかかる。アラシがよけて、アリツネを殴る。アリツネが倒れる。

アリツネ　今の声は何だ。
モトコ　私の声よ。アラシさん！
アリツネ　全然違うじゃないか。わかってるぞ。この船のブレインだろう？
マリナ　あなた、いつから気づいていたの？
アリツネ　船内システムを乗っ取ろうとした時だ。まるで、人間を相手にして、戦ってるみたいだった。あの時は負けたが、今度は俺が勝つ。俺の最高速についてこられるか。

アリツネがアラシを殴る。アラシが倒れる。アリツネがアラシに馬乗りになる。そこへ、ダイゴがやってくる。Ａ－スーツを着ている。

ダイゴ　海賊！　弱い者いじめはやめろ！

アラシ　誰が助けてくれって言った！

ダイゴ　バカ、俺は敵を倒しに来ただけだ！　俺は海賊課の刑事、敵は海賊だ！

ダイゴがアリツネに殴りかかる。アリツネがかわす。アラシがアリツネに殴りかかる。アリツネがかわす。アリツネが銃を構える。が、撃つ前に、アラシが抱きつく。アリツネはもがくが、動けない。
ダイゴがアリツネを殴る。アリツネがガックリと膝をつく。
ダイゴがアリツネの手にリングをかける。
そこへ、星・神林・ジョージがやってくる。

ジョージ　やりましたね、刑事さん。

アラシ　（ダイゴに）どうだ。これでも、俺が海賊だって言い張るのか？

ダイゴ　誰にだって、間違いはある。

アラシ　全く、素直じゃないんだから。

警告音が鳴る。

ジョージ　マリナ、この音はなんだ？

マリナ　エンジン・ルームの気圧がレッドラインを越えたの。

アリツネ　（笑って）タイム・オーバーだ。この船は、あと十分で爆発する。

神林　急いで逃げないと。脱出ポッドへ行こう。

星　砂記を置いていくつもりですか？　それに、ブレインも。

モトコ　私に任せて。こいつが組んだプログラムぐらい、五分で解除してみせるわ。

マリナ　その頃、砂記は私が下ろした非常用シャッターの前にいた。

10

通路。砂記がやってくる。警告音が鳴り続けている。

砂記　ブレイン、この音は？　どこか壊されたんですか？
マリナ　ちょっとね。それより、ビッグ・ニュースよ。たった今、アリツネさんが刑事さんに捕まったの。
砂記　本当に？　どうやって？
マリナ　残念だけど、説明してる時間はないの。レイさんが良介を連れて、こっちに向かってるのよ。こんな所にいたら、あなたまで捕まっちゃうわ。
砂記　私にはこのカードがある。カードを渡すかわりに、キャプテンを解放してもらう。
マリナ　レイさんが、あなたの言うことなんか、聞くと思う？
砂記　そんなの、やってみなくちゃわからない。ブレイン、このシャッターを開けてください。
マリナ　考え直してよ、砂記ちゃん。ママの一生のお願い。
砂記　バカじゃないの？
マリナ　そうよ、私はバカよ。あなたをこの船に乗せなければ、危ない目に遇わせずに済んだのに。

砂記　今さら、何言ってるのよ。私はママの娘である前に、パイロットなの。今はまだテスト生だけど、海賊と戦う覚悟ぐらいできてるわ。
マリナ　砂記ちゃん。
砂記　ママもパイロットだったんでしょう？　だったら、私の気持ちもわかってよ。

シャッターが上がる。そこへ、レイと良介がやってくる。

良介　（砂記に）バカ野郎！　なぜこんな所をウロチョロしてる。
砂記　私はレイさんに会いに来たんです。
レイ　探す手間を省いてくれたというわけか。
砂記　あなたの仲間は捕まったわ。今、通信機で連絡が入った。たった一人で、どうやって戦うつもり？
良介　決まってるだろう。俺たちを人質にするんだ。
砂記　人質だったら、こっちにもいます。（レイに）アリツネさんを助けたかったら、おとなしく捕まって。そうすれば、誰も死なずに済む。
レイ　甘いな、おまえは。私がアリツネを助ける理由がどこにある。
砂記　だって、あなたたち、仲間でしょう？
レイ　（砂記に銃を向けて）格納庫へ戻れ。それとも、ここで死にたいか？
良介　小松、行くぞ。こいつは本気だ。

三人が去る。
コントロール・センター。モトコがキーを叩く。

ジョージ　モトコさん、まだですか？
モトコ　エンジン・ルームの操作は運行システムの中なの。でも、なかなか入り込めなくて。
アリツネ　おまえのレベルじゃ無理だ。諦めろ。
ジョージ　じゃ、あんたがやれよ。やってくれたら、おいしいラーメンを食わせてやるぞ。
星　ジョージさんは少し黙っててください。ブレイン、砂記は無事ですか？
マリナ　レイさんに捕まった。今、三人で格納庫へ向かってる。
ダイゴ　あの女、一人で逃げるつもりか。
星　僕は格納庫に行ってきます。刑事さん、銃を貸してください。
アラシ　その体じゃ無理だって。
星　大丈夫ですよ。神林さんも一緒ですから。
神林　僕も？
星　どうせ死ぬなら、男らしく戦って死にたいと思いませんか？
神林　わかったよ。ブレイン、僕の弟と妹に伝えてください。長兵衛兄さんは、立派に戦って死んだと。
マリナ　悪いけど、約束できない。私も死ぬかもしれないから。

神林　遺言さえ残せないなんて。さよなら長次、長作、長助、長五郎……。

ダイゴが星にアリツネの銃を渡す。星と神林が去る。
戦闘機の中。砂記・レイ・良介がやってくる。

レイ　（砂記に）カードを渡せ。
砂記　渡すかわりに、キャプテンを放して。
レイ　カードが本物かどうか、確かめてからだ。
砂記　疑り深い人ね。今度こそ本物よ。（とカードを差し出す）
レイ　（受け取って）念には念を入れないと。カレーの作り方を聞くのは、もうこりごりだからな。（とカードをスロットに入れて、キーを叩く）
良介　俺たちも聞いていいのか？
レイ　勝手にしろ。どうせおまえらには死んでもらう。
砂記　ちょっと。私を騙したのね？

録音された声が流れ始める。

声　以上が、俺の秘伝のカレーの作り方だ。次は、俺の秘伝のラーメンの作り方を教えよう。
レイ　（キーを叩いて）騙したのはおまえの方じゃないか！

レイが砂記に銃を向ける。と、良介がレイを突き飛ばす。レイが倒れる。

良介　小松、逃げろ！

砂記と良介が走り去る。後を追って、レイが走り去る。
コントロール・センター。モトコがキーを叩いている。

ジョージ　モトコさん、もう五分経ちましたよ。
モトコ　あと五分。五分だけちょうだい。
ジョージ　でも、五分経ったら、爆発しちゃうんですけど。
マリナ　モトコさん、タッチしようか？
モトコ　悪いけど、お願い。そのかわり、私はカードの解析をする。
マリナ　カードって？
モトコ　さっきの、カレーのレシピが入ってたカード。ジョージさんの声の後に、アシュラの声をコピーしておいたの。
アリツネ　クソー！　もうちょっと先まで聞けばよかったのか。
ジョージ　（カードを出して）残念だったな。（とモトコにカードを渡す）
マリナ　モトコさん、私を騙したのね？

モトコ　言ったでしょう？　この仕事には私の未来がかかってるって。
アラシ　どうでもいいけど、あと四分四十四秒しかないぜ。
ダイゴ　時計も持ってないのに、どうしてわかる。答えるな。どうせ腹時計だろう。
モトコ　よし、始めるわよ。（とカードにスロットに入れて、キーを叩く）

格納庫。砂記と良介が走ってくる。

良介　マリナ、コントロール・センターの方はどうなってる。
マリナ　モトコさんがカードの解析を始めたところ。
良介　エンジン・ルームは？
マリナ　私が格闘中。でも、かなり難しそう。
砂記　キャプテン、こんな所でグズグズしてないで、逃げましょう。
良介　ヤツは俺が食い止める。おまえは先にコントロール・センターへ行け。
砂記　でも――
良介　やっと俺の見せ場が来たんだ。邪魔するな。マリナ、一緒にコンベアまで来てくれ。

良介が去る。砂記は後を追いかけようとして、振り返る。物陰に隠れる。
コントロール・センター。モトコがキーを叩いている。

モトコ　（キーを叩いて）「ラブ・イズ・オーバー」。よし、あと一つでゴールだ。でも、またパスワードを考えないと。

ダイゴ　似たような言葉じゃないか？「ラブ・抱きしめたい」とか。

アラシ　「ラブユー・東京」とか。

ジョージ　「ラブラドール・レトリーバー」とか。

マリナ　それは犬じゃない。

モトコ　この際、片っ端から調べてみるわ。「ラブラドール・レトリーバー」。（とキーを叩く）嘘。

マリナ　どうしたの？

モトコ　いきなり大当たり。「再生準備完了」だって。

ジョージ　僕のが当たったんですね？　モトコさん、誉めてください。

ダイゴ　（モトコに）早く声を聞かせてくれ。アシュラの本当の声を。

録音された声が流れる。

声　指令ナンバー1506。指令ナンバー1506。発信者氏名はアシュラ。

ダイゴ　この声は……。

アリツネ　レイの声だ！

ダイゴ　そんなバカな。もう一度聞かせろ。

モトコ　（キーを叩く）

声　指令ナンバー1506。指令ナンバー1506。発信者氏名はアシュラ。
ダイゴ　間違いない。あいつの声だ。
マリナ　やったわね、モトコさん。
モトコ　ありがとう。
マリナ　皆さん、直ちに脱出ポッドへ移動してください。この船はあと四分で爆発します。

アリツネ・ダイゴ・アラシ・モトコ・ジョージが走り去る。
格納庫。レイがやってくる。

レイ　そこに隠れているのはどっちだ。キャプテンか、それともテスト生か？

と、マリナが電気を消す。格納庫が真っ暗になる。

レイ　暗闇の中の隠れんぼか。どこかで見たような気がするな。しかし、おまえたちは身動きできない。少しでも物音を立てれば、すぐに私が撃つ。
マリナ　（砂記の声で）撃てるもんなら、撃ってみなさいよ。

レイが声の方角を撃つ。誰もいない。

マリナ　（砂記の声で）どこを狙ってるの？　私はここよ。

レイが声の方角を撃つ。誰もいない。

マリナ　（砂記の声で）どうしたの？　あなたの腕はその程度？
砂記　やめて！　もう撃たないで。

レイが砂記の方に銃を向ける。が、今度は撃たない。

レイ　やけに動きが速いな。おまえ、ＳＳマシンでもつけてるのか？
砂記　お願いだから、この船を傷つけるのはやめて。私は捕まってもいいから。
レイ　そうか。この船はブレイン・シップなんだな。ブレインなら、どんな声でも自由に出せる。船内システムが乗っ取れなかったのも、ブレインが邪魔したからだ。
マリナ　気づくのが遅すぎたようね、アシュラ。
砂記　今、何て言ったの？
マリナ　モトコさんがカードの解析をしたのよ。アシュラの声はレイさんにそっくりだった。
砂記　でも、ダイゴさんはマユムラだって。
マリナ　それは、あの人の勘違い。マユムラは、アシュラとは何の関係もなかったのよ。
レイ　（笑って）勘違いしているのはおまえの方だ。さすがのブレインにも、アシュラの正体は

マリナ　わからなかったようだな。
レイ　とぼけるのはやめて。アシュラはあなたでしょう？
マリナ　冥土の土産に教えてやろう。アシュラはマユムラの弟だ。そして、私の夫だ。
レイ　なんですって？
マリナ　私たち三人は、いつも一緒に仕事をしていた。三年前にアシュラが死ぬまで。あの日、私たちは現金輸送船を襲撃した。ところが、船には警官隊が待ち構えていて、いきなり銃弾を浴びせてきた。アシュラは、私を庇って胸を撃たれた。そして、逃げる途中で息を引き取った。
砂記　それじゃ、アシュラは、あの戦闘機の中で死んだの？
レイ　ところが、マユムラは傷一つ負わなかった。負うはずがない。警察に通報したのは、あいつだったんだ。自分の罪を全部弟に被せて、あいつは政治家になった。弟を殺して、自分の過去を消したんだ。だから、私はアシュラになった。マユムラをこの手で殺すまで、私はアシュラとして生きる。
砂記　マユムラを殺して何になるのよ。そんなことをしたって、アシュラが生き返るわけじゃないのに。
レイ　おまえに何がわかる。（と砂記の声の方角に銃を向ける）
マリナ　やめて！
レイ　土産話は、これで終わりだ。そろそろ覚悟を決めるんだな。
良介　動くな！（と飛び出す）

明るくなる。良介がダイゴの銃を構えている。

レイ　貴様、その銃はどうした。
マリナ　私がコンベアで運んだのよ。コントロール・センターから。
レイ　（良介に）私と銃で勝負する気か？　おもしろい。
砂記　キャプテン、銃を撃ったことあるんですか？
良介　ブレイン・シップのパイロットになるためには、特別な訓練を受ける義務がある。それは、護身術とサバイバル術と爆弾処理と射撃だ。
砂記　凄い。まるで、軍隊の特殊部隊みたい。
良介　海賊、その銃には何発弾丸が残ってる。俺の計算が正しければ、さっきの二発で、残りは一発だ。
レイ　一発あれば、充分だ。
良介　大した自信だな。しかし、オイラをなめると、泣きを見るぜ。

良介が撃つ。が、それよりも早く、レイが良介の腕を撃つ。

砂記　キャプテン！（と駆け寄る）
マリナ　良介！

良介　クソー。せっかくの見せ場が一瞬で終わってしまった。

　レイが銃を砂記に向ける。良介が砂記を自分の体の後ろに隠す。

レイ　(良介に) 残念だったな。
良介　撃つなら撃て。だが、こいつだけは助けてやってくれ。
砂記　キャプテン。
良介　おまえが死んだら、マリナが悲しむ。
マリナ　良介。
レイ　(銃を良介に向けて) 覚悟はいいな?
マリナ　レイさん、二人を撃たないで。
レイ　黙れ。
マリナ　そのかわり、私をあげるわ。ブレイン・シップは高く売れるはずよ。
レイ　これから爆発しようって船を、私がほしがると思うか?
砂記　どういうこと?
レイ　アリツネがエンジン・ルームの気圧を上げたんだ。いつまでも、遊んでいる暇はない。
マリナ　良介。やっぱり、他に方法がないみたい。
良介　そのようだな。小松、俺にしっかりつかまれ。
レイ　おまえら、何をする気だ?

マリナ　砂記。絶対、良介を放さないでね。
レイ　おまえ、まさかハッチを——
マリナ　レイさん。オイラをなめると、泣きを見るぜ！

ハッチが開く。突風が起こる。ハッチに向かって、三人の体が引きずられる。レイが砂記を撃とうとする。が、よろける。砂記がレイの腕をつかむ。

砂記　銃を捨てて！　両手で私に捕まるのよ！

レイが銃を放して、砂記につかまる。ハッチが閉まる。レイが膝をつく。そこへ、星と神林が飛び込む。神林はアリツネの銃を持っている。

星　キャプテン、無事ですか？
良介　何とかな。
神林　（レイに銃を向けて）抵抗するなよ。するなら、俺が相手になってやる。
良介　今頃になって、カッコつけるな。
星　（レイの銃を拾って）砂記、怪我はないか？
砂記　私は平気。星君こそ、レイさんに撃たれたんでしょう？　それなのに、助けに来てくれたの？

星　ああ。砂記を死なせるわけにはいかなかったから。
神林　そして、二人は熱い口づけを――
星　しつこいですよ、神林さん。

11

脱出ポッド。アリツネ・ダイゴ・アラシ・モトコ・ジョージがやってくる。キャプテンもテスト生たちも

マリナ 脱出ポッドの皆さん。たった今、レイさんが捕まりました。キャプテンもテスト生たちも無事です。
アラシ これで一件落着か。よかったな、ダイゴ。
ダイゴ 俺の名前を呼び捨てにするなって、何度言ったらわかるんだ。
アラシ 俺のことも呼び捨てにすればいいだろう。「アラシ」とか「ヤマダ」とか。
ジョージ あんたの名字、ヤマダっていうのか？　見かけに寄らず、普通だな。
ダイゴ 「ヤマダアラシ」っていうより、「ヤマアラシ」って感じだ。
アラシ 気に入った。俺は今日から、ヤマアラシだ。
ジョージ ついでに警察に就職して、この人の相棒になってあげたらどうだ。
アラシ 刑事か。それもいいな。
ダイゴ おまえが刑事になれたら、火星ステーションの前で裸踊りをしてやる。
アラシ その言葉、忘れるなよ。

マリナ　皆さん、急いで席に着いてください。今から、脱出ポッドを発射します。
モトコ　マリナさんは？
マリナ　悔しいけど、まだ運行システムに入れないの。でも、最後まで頑張ってみる。
モトコ　大丈夫。マリナさんなら、きっとできるわ。
アリツネ　俺は無理だと思うな。
モトコ　お黙り。余計なことを言うと、宇宙に放り出すわよ。

ダイゴ・アラシ・モトコ・ジョージ・アリツネが去る。
格納庫。良介がレイにリングをはめる。

良介　マリナ。爆発まで、あと何分だ。
マリナ　あと一分。
良介　よし、みんな、アシュラの戦闘機に乗れ。
レイ　私の戦闘機で逃げるつもりか？
良介　それしか方法がないんだ。操縦はあんたにやってもらうぞ。
レイ　勝手なヤツだな。どこへ連れていかれても、文句を言うなよ。
神林　でも、格納庫から発進したら、この船がバラバラになっちゃいますよ。
マリナ　そこまでひどいことにはならないわ。かなり壊れるだろうけど。
星　ブレインを連れていくことはできないんですか？

マリナ　それは無理よ。私のことは気にしないで、早く乗って。
砂記　私はイヤ。ここに残る。
マリナ　これは命令なのよ、小松さん。テスト生なら、素直に従いなさい。
神林　ブレイン、あなたのことは一生忘れません。
星　（マリナに）僕もです。絶対に立派なパイロットになってみせます。
マリナ　あなたなら、きっとなれるわ。神林さんはちょっと心配だけど。
神林　そんな。
良介　別れを惜しんでる暇はない。行くぞ。

砂記を残して、全員が去る。

マリナ　砂記、あなたも行きなさい。
砂記　行くわよ。でも、一つだけ言い忘れたことがあったから。
マリナ　言い忘れたこと？
砂記　五年も会いに来なかったこと、謝ってなかったじゃない。
マリナ　その必要はないわ。勉強が忙しかったんでしょう？
砂記　私、一日も早くパイロットになりたかったの。ママみたいな。
マリナ　そう言ってもらえて、うれしいわ。砂記ちゃん。

星が戻ってくる。

星　おい、砂記。

砂記　今、行く。（マリナに）いろいろお世話になりました。

マリナ　元気でね。

砂記と星が去る。

マリナ　そして、砂記たちは出発した。私に残された時間は、あとわずかしかない。が、不思議と気分は落ち着いていた。思えば、二十年前の事故で、私は死んでいたかもしれないのだ。この二十年は、私にとって、大きなプレゼントだったのだ。遠くからでも、砂記が成長していくのを見られたこと。たくさんの人たちと出会って、いろいろな場所へ行けたこと。特に、良介と過ごした五年間は楽しかった。喧嘩ばかりしていたけど、もう会えないと思うと淋しい。

そこへ、良介がやってくる。

良介　静かだな、マリナ。どうせ俺の悪口でも考えてたんだろう。

マリナ　良介。どうしてここにいるの？

良介　おまえに、別れの挨拶をしてなかった。
マリナ　そんなのどうでもいいじゃない。今ならまだ間に合うから、ＡＩスーツを着て外へ出て。
良介　俺はこの船のパイロットだ。船を置いて逃げるわけにはいかない。
マリナ　何言ってるの？
良介　わからないヤツだな。おまえを一人で死なせたくないって言ってるんだ。
マリナ　それって、どういう意味？
良介　どういう意味もこういう意味もあるか。
マリナ　こんな時ぐらい、素直になったらどう？
良介　俺はいつも素直だぞ。
マリナ　嘘よ。テスト生たちに何もかもやらせてたのは、面倒だったからじゃないでしょう？　あの人たちのためだって思ったんでしょう？
良介　バカ言うな。
マリナ　星さんを殴ったのも、あの人を守りたかったからでしょう？
良介　あいつが生意気だから、腹が立っただけだ。
マリナ　じゃ、今、ここにいるのはなぜ？
良介　言っただろう。おまえを一人で死なせたくないって。
マリナ　どうして？
良介　知るか。
マリナ　良介。最後なんだから、ちゃんと答えて。

良介　おまえが好きだからだよ。
マリナ　本当？
良介　本当だ。おまえが世話焼きなのも、一言多いのも、どこか抜けてるのも、全部好きだ。
マリナ　本当に本当？
良介　疑り深い女だな。ほら、これを見ろ。（とロケットの蓋を開ける）
マリナ　それは……。
良介　おまえの写真だ。二十年前の、まだピチピチしてた頃の。
マリナ　良介……。
良介　たとえ本物のおまえに会えなくても構わない。こうして、話ができるだけで充分だった。マリナ。楽しかったな、この五年間。

警告音が大きくなって、止まる。目を閉じる良介。何も起こらない。

良介　どうした？　俺はもう死んでるのか？
マリナ　キャプテン、報告します。エンジン・ルームの気圧は正常に戻りました。
良介　（目を開けて）なんだって？
マリナ　どうして良介が残ったことに気づかなかったと思う？　モニターを全部切って、運行システムに入り込むことに集中してたからよ。
良介　いつだ。いつから正常に戻ってたんだ。

マリナ　良介が私に話しかけてきた時。
良介　バカ野郎！

戦闘機の中。砂記・星・神林がやってくる。

星　ブレイン。ブレイン、聞こえますか。
マリナ　こちらブレイン。どうしたの？
神林　通じてる！　通信システムが直ったんですか？
マリナ　ついさっき。心配かけてごめんなさい。
砂記　どうしてすぐに教えてくれないの？　時間になっても爆発しないから、おかしいと思ったのよ。
マリナ　良介と大事な話をしてたから。
星　やっぱりキャプテンはそっちに残ってたんですね？　無事なんですか？
良介　生きてるよ。悪かったな。
神林　キャプテン、試験はどうなるんですか？　僕たち、全員不合格ですか？
良介　バカ。おまえら、すぐに戻ってこい。
神林　もしかして――
良介　試験はまだ終わってない。船を見捨てようとしたから、全員マイナス50だ。
神林　とすると、僕の持ち点はマイナス36点。神林、撃沈。

良介　慌てるな、神林。試験はまだ三日も残ってる。明日から、死ぬ気で挽回するんだ。
星　わかりました、キャプテン。
砂記　ブレイン。これからも、よろしくお願いします。
マリナ　こちらこそ。

砂記が笑う。マリナも笑う。

〈幕〉

あとがき

『アローン・アゲイン』は、アイルランド出身の歌手、ギルバート・オサリバンのヒット曲のタイトルでもあります。一九九三年の春に『四月になれば彼女は』を上演してすぐ、成井さんから「アコースティック・シアターの第二弾は、このタイトルでいこう」と言われました。いえ、もしかしたら、『四月〜』のタイトルが決まった時点で、そんな話が出ていたかもしれません。

オサリバンの『アローン・アゲイン』が発表されたのは七〇年代の初頭。もう三十年も前の曲なのです。九〇年頃、再びアコースティックサウンドに注目が集まり、オサリバンが初来日しました。それから『アローン・アゲイン』はＣＭで何度か使われたり、映画『めぞん一刻』（アニメではなく、実写版です）のテーマ曲になったりしたので、九〇年以降に生まれた方でも、聞けば「ああ、あの曲か」とわかるのではないでしょうか。大きめのＣＤ屋さんなら必ず置いてあるはずなので、よかったら探してみてください。

三十年以上も人々の心に残り続けるなんて、本当にすごいことだと思います。音楽に限らず、映画でも小説でも、そして舞台でも。特に舞台は、保存ができません。戯曲、あるいはビデオではなく、劇場で、目の前で役者たちが演じる瞬間を「取っておく」ことは不可能です。記憶の中以外では。成井さんも私も大好きな映画『グッバイ・ガール』に、「この舞台は宝物だわ。できればリボンをかけて、持って帰りたい」という科白が出てくるのですが、その気持ちはよくわかります。自分が係わった作品ではなくても、「終わってほしくない」と感じる舞台に出会えた時、私も同じことを考えます。その日、その場所に居合わせたことに感謝したくなるような舞台に会えた時。

三十年とは言わないまでも、二十五年ぐらい前。中学生の頃に読んだ漫画で、タイトルは覚えていないのですが、やけに印象深い作品があります。たいしたドラマがあるわけではなく、ただ主人公の女の子が、名前も知らない男の子を好きになる、それだけの話でした。ラストで、主人公が一人で夜空を見上げながら、こんなことを考えます。「好きな人には　いつも幸せでいてほしい　好きな人が見つめる世界は　いつも美しくあってほしい　好きな人が出会うのは　よい人ばかりであってほしいだから私もよい人になりたい　たとえあの人と出会うことがなくても」。

当時の私は、実は失恋したばかりでした。失恋と言っても、思いを打ち明けたりはしていません。片思いのまま、相手に好きな人がいるとわかったのです。でも、学校に行くのが辛かった。この主人公の言葉に出会って、はっとしました。私の思いは一方的だったと。できればこんなふうに、誰かのことを好きになりたいと思いました。三十年近く経った今でも、時々、この言葉を思い出します。何も恋愛だけではなく、大切にしたいと感じた相手のために、自分も成長していかなければと。

同じ時期に、別冊マーガレットで、くらもちふさこさんの『おしゃべり階段』が連載されていました。背が低くて天然パーマの主人公の、中学二年から大学入学までを描いた作品です。主人公のコンプレックスだった巻き毛を、不良っぽくて怖い同級生が、魅力的だと言うシーンがあります。見方を変えることによって、欠点が長所になり得る。これは、やはり背が低いことで、何度も悲しい思いをしていた私を励ましてくれました。この同級生の男の子の名前が、「真柴」なのです。私のペンネームは、彼からもらったのです。誰かを励ませるような物語を書きたいと願って。

それから、高校三年の終わり頃。同じ吹奏楽部で三年間を過ごした友達から、長い手紙をもらいました。それまで、あまり話したことのない女の子だったのですが、彼女が退部しようと思っていた時、私の頑張っている姿を見て、やはり続けようと思った、と書いてありました。もちろん、それは初耳でした。既に私は上京することが、彼女は地元で就職することが決まっていたので、これからはなかなか会えないだろう。でも、私との三年間は決して忘れない、と最後にありました。『おしゃべり階段』も彼女の手紙も、ずっと私の宝物です。

さて。脚本会議で、成井さんとはいつも、自分が経験したことや、好きな映画や小説についてとことん話し合います。九年前の『アローン・アゲイン』の会議では、成井さんから「命の花が見える能力」と、『シラノ・ド・ベルジュラック』が出てきました。『シラノ〜』を下敷きにして、主人公がゴーストライターという設定が生まれたのです。今回の改訂にあたっては、まず余計な部分を削ぎ落として、物語のテンポを上げることを目標にしました。それから、演じる役者がほとんど入れ替わっているので、今回の役者たちを念頭に置いて、科白をすべて見直しました。その結果、登場人物たちの性格が初演とは変わっています。あおいとみのりの関係も。初演版は、戯曲集『風を継ぐ者』（論創社）に併録されていますので、興味のある方は読んでみてください。

『ブラック・フラッグ・ブルーズ』は、一九九七年の秋にアナザーフェイスの第四弾として上演した作品です。もう何年も前から、成井さんとアン・マキャフリーの『歌う船』を舞台でやれないかと話していたのですが、なかなかいい設定が浮かびませんでした。SFを得意とするTEAM発砲・B・ZINのきだつよしさん達をお迎えすることが決まり、今度こそいける、と思ったのです。きださんには、脚本会議にも参加していただいて、たくさんアイディアをもらいました。『歌う船』はもちろん、続編の『旅立つ船』も名作です。
舞台は保存ができません。でも、新しく始めることは何度でもできます。たとえ同じ作品でも、毎日、新しいお客さんに出会えるから。誰かの宝物になれるような舞台を目指して、私はこの物語を書きました。

二〇〇三年三月二十日　三十九回目の誕生日に

真柴あずき

上演記録

『アローン・アゲイン』

1994年		2003年
1994年3月22日〜4月24日	上演期間	2003年4月3日〜5月4日
近鉄小劇場	上演場所	サンシャイン劇場
テレピアホール		シアター・ドラマシティ
シアターアプル		

CAST

西川浩幸	光男	細見大輔
坂口理恵	あおい	前田綾
伊藤ひろみ	みのり	大木初恵
上川隆也	将太	平野くんじ（TEAM 発砲・B・ZIN）
今井義博	鞍馬	岡田達也
遠藤みき子	紅子	温井摩耶
大森美紀子	葉子	坂口理恵
岡田達也	鳥羽専務	佐藤仁志
篠田剛	嵐山	篠田剛
岡田さつき	咲子	青山千洋
中村恵子	のぶ枝	中村恵子
川村計己	文太	石原善暢
酒井いずみ	エリカ	小川江利子

STAGE STAFF

成井豊	演出	成井豊＋真柴あずき
	演出助手	白井直
	音楽監督	加藤昌史
キヤマ晃二	美術	キヤマ晃二
黒尾芳昭	照明	黒尾芳昭
早川毅	音響	早川毅
川崎悦子	振付	川崎悦子
勝本英志，斎藤嘉美	照明操作	勝本英志，大島久美，森川敬子 熊岡右恭
小田切陽子	スタイリスト	丸山徹
	ヘアメイク	武井優子
BANANA FACTORY	衣裳	
C-COM	大道具製作	C-COM，(有)拓人
きゃろっとギャング，工藤道枝 菊地美穂，篠原一江	小道具	酒井詠理佳
	小道具協力	高津映画装飾(株)，大畠利恵
田中里美	舞台監督助手	桂川裕行
矢島健	舞台監督	村岡晋，矢島健

PRODUCE STAFF

加藤昌史	製作総指揮	加藤昌史
GEN'S WORKSHOP＋加藤タカ	宣伝美術	
ヒネのデザイン事務所＋森成燕三	宣伝デザイン	ヒネのデザイン事務所＋森成燕三
伊東和則	宣伝写真	タカノリュウダイ
伊東和則	舞台写真	伊東和則
(株)ネビュラプロジェクト	企画・製作	(株)ネビュラプロジェクト

『ブラック・フラッグ・ブルーズ』

上演期間	1997年9月11日～30日
上演場所	聖蹟桜ヶ丘アウラホール

CAST

マリナ	大森美紀子
良介	ラブ&ピース川津 (TEAM 発砲・B・ZIN)
レイ	坂口理恵
アリツネ	工藤順矢 (TEAM 発砲・B・ZIN)
砂記	小林愛 (TEAM 発砲・B・ZIN)
星	平野くんじ (TEAM 発砲・B・ZIN)
神林	篠田剛
ダイゴ	岡田達也
アラシ	中村恵子
モトコ	前田綾
ジョージ	西川浩幸／ きだつよし (TEAM 発砲・B・ZIN)

STAGE STAFF

演出	成井豊＋真柴あずき
演出協力	きだつよし (TEAM 発砲・B・ZIN)
美術	キヤマ晃二
照明	黒尾芳昭
音響	早川毅
振付	川崎悦子
スタイリスト	小田切陽子
ヘアメイク指導	馮啓孝
衣裳	BANANA FACTORY
衣裳製作	アンルセット，河内佳子 アトリエHIRANO
小道具	きゃろっとギャング，篠原一江 大畠利恵，高橋正恵
小道具製作	フォー・ディー，ビル・横山
大道具製作	C-COM，オサフネ製作所
舞台監督助手	桂川裕行，山本修司
舞台監督	矢島健，村岡晋

PRODUCE STAFF

製作総指揮	加藤昌史
宣伝デザイン	ヒネのデザイン事務所＋森成燕三
写真	伊東和則
企画・製作	㈱ネビュラプロジェクト

成井豊（なるい・ゆたか）
1961年、埼玉県飯能市生まれ。早稲田大学第一文学部文芸専攻卒業。1985年、加藤昌史・真柴あずきらと演劇集団キャラメルボックスを創立。以来、全公演の脚本と演出を担当。代表作は『ナツヤスミ語辞典』『銀河旋律』『広くてすてきな宇宙じゃないか』『ハックルベリーにさよならを』『さよならノーチラス号』など。

真柴あずき（ましば・あずき）
本名は佐々木直美（ささき・なおみ）。1964年、山口県岩国市生まれ。早稲田大学第二文学部日本文学専攻卒業。1985年、演劇集団キャラメルボックスを創立。現在は、同劇団で俳優・脚本・演出を担当するほか、外部の脚本や映画のシナリオなども執筆している。代表作は『月とキャベツ』『郵便配達夫の恋』『TRUTH』『MIRAGE』『エトランゼ』など。

CARAMEL LIBRARY Vol. 10
アローン・アゲイン

2003年4月3日　初版第1刷印刷
2003年4月15日　初版第1刷発行

著　者　成井豊+真柴あずき
発行者　森下紀夫
発行所　論創社
東京都千代田区神田神保町2-19　小林ビル
振替口座　00160-1-155266　電話　03（3264）5254
組版　ワニプラン／印刷・製本　中央精版印刷
ISBN4-8460-0474-0　©2003 Printed in Japan